Robert Naef BASSANO

Robert Naef

BASSANO und die Auskunftsperson

KRIMINALNOVELLE

Edition Erpf

Umschlaggestaltung: Urs Kohli, Bern, unter Verwendung einer Aufnahme von Peter Lauri, Bern
Satz und Druck: Genossenschafts-Buchdruckerei AG, Bern
Bindearbeiten: H. + J. Schumacher AG, Bern und Schmitten
ISBN 3-256-00018-5
Printed in Switzerland

Inhalt

Die ersten Fragen

Nur das Geräusch meiner Schritte begleitete mich auf dem Weg zum Büro 201 im Gerichtsgebäude. «Am Ende des langen Ganges», hatte man mir gesagt. Es war zwei Uhr nachmittags, ein Donnerstag im vergangenen Februar. Untersuchungsrichter Giuseppe Leo Bassano hatte mich als Auskunftsperson zu sich gebeten.

Fest entschlossen mein Geheimnis nicht preiszugeben, schritt ich an geschlossenen, grau gestrichenen Bürotüren vorbei. Nichts regte sich, bis weit vorne durch eine sich öffnende Türe Licht in den düstern Gang drang. Dort stand Bassano plötzlich und gab mir mit der Hand ein Zeichen, dass ich auf dem richtigen Weg sei.

Er grub dann beide Hände in die Taschen seiner Jacke, die er offen trug, und wartete, bis ich bei ihm war, ein Hüne mit dunklen Augen. Ich hatte ihn nicht so beleibt in Erinnerung.

Während ich ihm entgegenschritt, sah ich, wie das weisse Hemd sich unterm zu kurzen Pullover handbreit um den gewaltigen Bauch spannte. Eine schmale Krawatte hielt den offenen Hemdkragen zusammen. Ihre Farbe fiel mir sofort auf: Es war ein Braun, zusammengesetzt aus winzigen Punkten; ein lebendiges Dunkel, wie die Farbe seiner Augen.

Ich hatte damit gerechnet, ihn wiederzusehen; aber würde ich durchhalten? Er begrüsste mich, gab mir die Hand und schob mich in sein Büro.

Die Luft roch leicht nach Tabak. Wärme aus heissen Radiatoren erfüllte den frisch gelüfteten Raum. Durch ein grosses Fenster sah man auf den Hof des Gerichtsgebäudes hinaus, wo Kastanienbäume im kalten Regen standen; kahle Äste an nassen Stämmen. Rundum graue Mauern mit vergitterten Fenstern, die in den Regen starrten.

In der Ecke schräg vor mir stand ein Tischchen aus hellem Buchenholz. Ein Kriminalbeamter in Uniform sass daran, vor sich eine Schreibmaschine, uralt, schwarz, blitzsauber gepflegt. In der Walze steckten, zum Schreiben bereit, weisse Blätter, dazwischen Kohlepapier. Der auffallend kleine Beamte schaute mich an. Still musterte er mich. Mit eisblauen Augen.

Bassano hatte die gewittergrau gestrichene Bürotüre hinter uns geschlossen und bat mich jetzt, Platz zu nehmen. Er war nicht nur beleibt, sondern dick; fett bis in die Augenlieder. Trotzdem wirkte er sportlich, wenn er sich bewegte. Die breite, hohe Stirn passte zu seinem Ruf: er galt als der Philosoph unter den Bezirksanwälten.

Weder freundlich noch unfreundlich sagte er:

«Setzen Sie sich!»

Als ich zum Stuhl ging, der vor dem dunkelbraunen Pult des Untersuchungsrichters stand, bemerkte ich an der Wand die Fotosammlung. Kopf an Kopf, mit Reissnägeln auf einem weichen Pavatex befestigt, schauten sie mich an: die Köpfe der Geliebten, der Freunde und besonderen Bekannten der ermordeten Pat. Erinnerungen an eine Zeit, die weit zurücklag, an ein Jahr, das vielleicht ihr glücklichstes gewesen war.

Gleichzeitig setzten wir uns: ich auf den gebeizten Holzstuhl, Bassano in einen, vermutlich ebenso unbequemen, fauteuilartigen Bürosessel mit abgewetzten Armlehnen aus Holz.

Seine dunklen Augen schauten mich ein paar Sekunden lang ruhig an. «Danke, dass Sie gekommen sind», sagte er dann. «Vielen Dank». Er hätte ebensogut schweigen können, so nichtssagend war sein Ton.

Ohne den Kriminalbeamten, der jetzt schräg hinter mir sass, anzusehen, fragte er: «Georg, sind wir bereit»?

Ich hörte ein dünnes Ja hinter meinem Rücken und drehte mich um. Georg, der schmächtge Beamte, schaute mich wieder still an. Misstrauisch? Neben der Schreibmaschine lag ein bunter Papierberg: Akten, vermutete ich, über den Mordfall Patricia Berger-Paine.

«Wann haben Sie die Ermordete kennengelernt»? fragte Bassano.

«Vor Jahren», antwortete ich.

Georg räusperte sich. Bassanos Lider, welche die Augen halb verdeckten, senkten sich für einen Moment. «Entschuldigen Sie, Georg braucht noch Ihre Personalien», unterbrach er mich. «Es ist immer das gleiche mit mir, ich kann nicht warten, nicht wahr, Georg. Ihren Namen, Ihr Alter, Adresse, Beruf».

«Baum, Hanspeter, 41, Asylweg 45», begann ich.

«Georg, aber das haben wir doch alles!» rief Bassano dazwischen.

Ich drehte mich um und sah, dass Georg rot im Gesicht wurde. «Ja, ja», sagte er, «ja». Er zog eine weisse Mappe aus dem bunten Aktenberg neben sich, öffnete sie und entnahm meine Personalien einem Dokument. Es war vermutlich meine Zeugenaussage, die ich am Tag nach dem Mord in einem Büro der Kriminalpolizei unterschrieben hatte. Georg las die Angaben vor, die da zu meiner Person vermerkt waren, und tippte sie in die Schreibmaschine. Alles war richtig ausser «Stellvertretender Chefredaktor der ‹Schönen Welt› ».

«Chefredaktor seit einer Woche,» korrigierte ich.

Bassano gratulierte mir.

«Nicht der Rede wert,» log ich.

Wieder schloss Bassano die Augen. «Sie waren beim Pressedienst des Hercog-Verlages tätig, als Sie Patricia Berger kennenlernten, nicht wahr?»

«Ja.»

Seine dunklen Augen schauten mich wieder an. «Sie waren der Chef dieses Dienstes.»

Ich nickte. Er hatte sich vorbereitet auf unser Gespräch. Er wusste Bescheid.

«Sind Sie glücklich?» fragte er.

Glücklich? Ein Blitz aus heiterem Himmel. Wer

ist schon glücklich!

Ohne zu überlegen ging ich auf Distanz. Ich wollte ihm diese Frage nicht beantworten. Ich war nicht glücklich.

Alles in Bassanos Gesicht, alles, was da zu sehen war und sich bewegen konnte, wurde zu einem grossen, langen, freundlichen Lächeln.

«Man sollte sie in eine Vase stellen, wenn sie so lächeln wie jetzt», sagte ich zu ihm.

Bassano schmunzelte und lehnte sich weit zurück. Sein Sessel quietschte unter der schweren Last, der Bauch wölbte sich für einen Augenblick rund über den Pultrand und verschwand dann wieder darunter. Mit aufgestützten Ellbogen, ein Streichholz in der einen, die Zündholzschachtel in der anderen Hand, steckte er sich einen Stumpen an, und stellte mir im Plauderton weitere Fragen:

«Wie nannten sie sie alle? Pat, nicht wahr? Liebten Sie sie? Das würde mich interessieren. Wie war sie? Störte es Sie, dass sie auch erotische Beziehungen zu Frauen hatte? Wie stehen Sie zu Christian Lenz? Ist es wahr, dass Sie ein Verhältnis mit Pat hatten, obwohl sie mit Lenz zusammenlebte? Oder bin ich falsch informiert worden? War Lenz nicht Ihr Freund?»

Was für ein Durcheinander. Was wusste Bassano? Alles? Oder gar nichts?

«Lenz und ich sind seit über zwanzig Jahren Kollegen», sagte ich.

«Freunde?»

Ich beobachtete Bassano genau. Er hielt den

Atem an. Aus den halbgeöffneten Lippen, die den Stumpen festhielten, drang grauer Qualm, der ein bewegtes Bild in die Luft zeichnete.

«Ja, wir waren Freunde», antwortete ich. «Kleine Fische zuerst und immer bei der gleichen Zeitung. Wir kamen zusammen und gingen zusammen. Wie geht es ihm? Warum halten Sie ihn solange in Untersuchungshaft? Er hat Pat nicht ermordet.»

Bassano atmete tief aus.

«Sein Alibi ist schwach», erklärte er mir.

«Es ist auch mein Alibi», sagte ich.

Er blickte mich eine Weile lang freundlich lächelnd an. «Das habe ich nicht vergessen. Waren Sie eigentlich zusammen mit Lenz in Deutschland?» fragte er dann.

Ich schüttelte den Kopf. «Nein. Damals trennten wir uns zum erstenmal. Lenz hatte mir gesagt: ‹Die machen das besser. Ich muss da mal reinschauen.› Er ging zum ‹Stern›; ich führte den Pressedienst des Hercog-Verlages weiter. Nach drei Jahren suchte Herr Hercog einen neuen Chefredaktor für seine grösste Illustrierte, die ‹Schöne Welt›. Die Wahl fiel auf Lenz. Dieser schlug mich als seinen Stellvertreter vor; aber ich lehnte ab. Trotzdem arbeiteten wir viel zusammen; das heisst, ich lieferte ihm eine ganze Menge Stories und Berichte.»

«Haben Sie Pat durch ihn kennengelernt?»

«Nicht direkt.»

«Wie denn?»

«Am Telefon.»

«Wo am Telefon?»

«Bei Lenz im Büro, vor etwa sechs Jahren. Wir redeten über den Scheissdreck, Journalist zu sein in unserm Land.»

«Interessant.»

«Finden Sie? Lenz fragte mich: ‹Willst du meinen Job?› Er hatte ihn satt.»

«Was haben Sie ihm geantwortet?»

«Leck mich, habe ich ihm geantwortet.»

«War das ehrlich?» wollte Bassano wissen.

«Nein. Ich hätte ja sagen müssen, wenn ich ehrlich gewesen wäre.»

«Waren Sie eifersüchtig?»

«Es befriedigte mich, dass Lenz Schwierigkeiten hatte.»

«Sie meinen, Sie hätten seine Arbeit besser gemacht.»

«Ich meine gar nichts. Er machte Fehler. Er war wie versessen darauf, unsere Gesellschaft in Frage zu stellen.»

«Ja, das habe ich gehört. Ist er ein Verrückter?»

«Wie kommen Sie darauf?»

«Ich habe mich mit ihm unterhalten. Er hat mir eine Liebesgeschichte erzählt . . .»

«Pat?» fragte ich.

«Ja. Pat. Aber er hat mir auch ganz offen gestanden, dass er unsere Gesellschaft für eine verlorene hält.»

«Ja, das ist seine Meinung.»

«Er war trotzdem beliebt, nicht wahr?»

«Nicht bei den Inserenten.»

«Das kann ich mir vorstellen», sagte Bassano. «Aber seine Sekretärin hat mir gesagt: ‹Wir haben ihn geliebt.› Wie nennt ihr sie?»

«Mama Hotz».

«Richtig», lächelte er. «Mama Hotz! Sie hat Pat nicht gemocht, nicht wahr?»

«Nein.»

«Warum nicht?»

«Ich denke, sie hatte sie durchschaut, rasch durchschaut. Frauen haben da ein feines Gespür.»

«Sie meinen, sie wusste Einiges?»

«Sicher. Und sie liebte Lenz wie ältere Sekretärinnen ihren Chef eben lieben: mit dem Anspruch ihn zu beschützen.»

«Mögen Sie sie?»

«Sie ist bissig, so um die vierzig herum, im besten Alter, wenn angestellte Frauen anfangen, sich wohl zu fühlen, weil sie keinen neuen Job mehr suchen.«

«Sie hat so ein Riesending an der Nase. Was ist das, eine Warze?» fragte Bassano.

«Ja. Es ist eine Warze und sie gefällt ihr. Mama Hotz ist eben ein Original. Sie kennt den Laden seit zwanzig Jahren. Lenz hatte sie von seinem Vorgänger übernommen. Sowas kann man nicht entlassen, nur weil die Chefredaktion wechselt.»

«Trotzdem hat sie jetzt gekündigt, nicht wahr?» fragte Bassano hinterhältig.

«Ja. Sie hat gekündigt.»

«Warum?»

«Sie will nicht mit mir zusammenarbeiten.»

«Nannte sie Ihnen den Grund?»

«Nein.»

«Aber Sie kennen ihn.»

«Ja.»

«Darf ich ihn erfahren?»

«Ich nehme an, Sie wissen bereits Bescheid. Wozu also diese Fragerei!»

«Richtig. Natürlich kenne ich den Grund. Sie hat ihn mir anvertraut. Sie liebte Lenz. Und Pat betrog ihn.»

Zum ersten Mal hatte er mich in die Enge getrieben.

«Ja, mit mir, auch mit mir,» gestand ich.

Bassano war zufrieden. Endlich liess er mich erzählen, wie ich Pat kennengelernt hatte.

Mama Hotz stand an jenem Abend, vor sechs Jahren, während ich mit Lenz quatschte, plötzlich unter der verlotterten Türe, die das Sekretariat mit dem Chefzimmer verbindet. Aufgeregt, eine Zigarette im Mundwinkel, fragte sie, ob wir wüssten wo Samy sei. Lenz hatte keine Ahnung. «Eine Frau will ihn sprechen, wieder mal eine, die ihren Namen vergessen hat», schimpfte sie laut. «Es scheint wichtig zu sein. Nehmen Sie die Linie ab? Verdammt nochmal, tun Sie was, hier klingelt es schon wieder!»

«Nimm du ab, ich habe keine Lust!» sagte Lenz zu mir. Er verstand es, mich einzuspannen. Ich übernahm die Linie.

«Ist Samy nicht da?» fragte eine mir unbekannte

Stimme.

Ich geriet völlig durcheinander. Diese Stimme!

«Können Sie sich das vorstellen: dass Sie eine Stimme hören und dann passiert etwas in Ihnen?» fragte ich den Untersuchungsrichter.

Bassano antwortete mir nicht. Er nickte nicht mal. Die schweren Lider, die fetten Backen, die sanften Lippen, die den Stumpen festhielten, nichts bewegte sich in seinem Gesicht. Regungslos schaute er mich an. Prüfend? Hinter meinem Rücken hämmerte Georg zum erstenmal ein paar Zeilen in die Maschine.

Ich erzähle weiter. «Die aufregende Stimme fragte, ob ich noch da sei. Ich erklärte ihr, dass wir Samy im Augenblick nicht finden könnten und fragte, wer am Apparat sei. Die Stimme schwieg. ‹Patricia› , sagte sie schliesslich. ‹Würden Sie ihm einen Gruss von mir ausrichten?›

In diesem Augenblick schrie Mama Hotz: ‹Er ist gekommen!›

Samy kam zum Telefon. Sie kennen ihn ja. Braungebrannt», sagte ich zu Bassano, «so gross wie Sie, nur etwas schlanker.»

Bassano grinste. «Natürlich kenne ich ihn.»

Samy Como! Er ist ein Meister im Aufspüren von Geschichten die das Leben schrieb. «Ich bringe jeden dazu, mehr zu erzählen, als ihm lieb ist. Ich weiss nicht warum, es klappt einfach», behauptet er immer wieder. Er hatte die Gabe, Knüller aufzuspüren, jene Geschichten also, auf die Leser gierig sind. «Der Mensch ist kannibalisch!»

sagte Como immer wieder. «Er hat gern Menschlichkeit. Soll er sie haben, seine Menschlichkeit.» Und Lenz pflichtete ihm bei.

«Kannibalismus am Kiosk», meinte Bassano.

Ich lachte. «Lenz hoffte, damit Auflage zu machen. Aber wichtig war ihm nur eins: die Mängel unseres Systems blosszustellen. Und daran scheiterte er.»

«Wie hat Herr Como auf Pats Anruf reagiert?» wollte Bassano wissen.

«Ich hielt ihm den Hörer hin und sagte: ‹Patricia›. Eine Sekunde lang stutzte er. ‹Wer? Pat?› Er riss mir den Hörer aus der Hand. ‹Pat!› schrie er in die Sprechmuschel. ‹Hallo. Wo bist du?› Auch Lenz war aufgestanden. ‹Ist sie's?› fragte er aufgeregt. ‹Ja, sie ist's›, sagte Como. Lenz setzte sich wieder. ‹Gott sei dank!› Samy versprach der Anruferin, sie am Flughafen abzuholen. Als er weg war, fragte ich Lenz: ‹Wer ist das?› Da erzählte er mir die beiden ersten Geschichten der schönen, lustigen, oft unglücklichen, und immer wieder glücklichen Pat.»

«Seran?» fragte Bassano.

«Ja, Seran», sagte ich. «Vor Jahren hatte Samy erfahren, dass im nobelsten Hotel, im Seran, mit schweren Drogen gehandelt wurde. Aber er hatte keine Beweise. Pat war damals Telefonistin im Seran. Samy befreundete sich mit ihr an. ‹Bumsen gehört zum Beruf›, hatte er einmal gesagt. So arbeitete er. Pat kannte sich in der Drogen-Szene aus. Sie kannte die Branche, alle Varianten und vor allem ein Opfer.»

«Berger», unterbrach mich Bassano.

«Ja, Jack Berger, den Trompeter.»

«Pat war zwanzig Jahre alt, als sie ihn heiratete. Sie wollte ihn retten, das muss man ihr glauben. Ob sie ihn liebte? Vielleicht. Ich glaube, ja. Sie betrog ihn mit Bestimmtheit hundertmal, aber sie muss ihn geliebt haben. Sie ist dann selbst hineingeraten in den Shit. Nach drei Jahren Ehe hatte er sich endgültig zugrundegerichtet. Weiss der Teufel, wie sie dann loskam vom ganzen Drogenscheiss, in dem sie bis zum Halse steckte. Wir haben darüber gesprochen. Sie sagte nur: ‹Ich habe es geschafft.› Sie war der Typ, der alles schafft oder gar nichts, der lebt, wie gelebt werden muss. Sie hatte einen Willen, der Bäume auf Reisen schicken konnte. Handkehrum heulte sie wie ein Kind, vergoss Tränen, im Kino zum Beispiel oder wenn sie unglücklich war.»

«Hundertmal!» rief Bassano. «Hundertmal hat sie Berger betrogen. Wer sagt das?»

«Bekannte aus jener Zeit.»

Bassanos ganzer Leib strahlte Zufriedenheit aus. Auf seinem Gesicht mit den behäbigen Backen, den schweren Lidern, den dunklen Augen und dem fliehenden Kinn spielte ein gefährliches Lächeln. Ich war in seine zweite Falle getreten.

«War sie rücksichtslos?» fragte er.

«Ja, immer auf Egotrip.»

Bassano atmete tief aus. «Wer nicht?» fragte er dann leise in sich hinein. «Lenz?»

«Vielleicht, wenn Sie meinen», sagte ich.

«Sie tun so, als ob sie ihn mögen; aber sie mögen Lenz gar nicht, nicht mehr, nicht wahr?» fragte Bassano. Wiederum bewegte sich nichts, gar nichts in seinem Gesicht.

«Er ist mein Freund, verdammt noch mal», fuhr ich ihn an.

Dann wechselte er das Thema. «Beim Begräbnis Bergers, benahm Pat sich da wirklich so skandalös, wie man erzählt?» fragte er, wieder sehr harmlos freundlich.

«Ich war nicht dabei», sagte ich kühl. «Angeblich ist sie in Jeans und roter Bluse erschienen.»

«Das war aber nicht alles, nicht was ich meine», erwiderte Bassano und griff nach einem Zeitungsausschnitt, der zuoberst auf einem Berg von Akten zu seiner Rechten lag. «Stimmt es, was hier geschrieben steht?» Er las vor: «Statt Blumen streute die bezaubernde Wittwe eine Handvoll weisses Pulver über den Sarg . . .»

«Ja», sagte ich. «Das hat sie gemacht. Heroin. Keine Handvoll, nur ein paar Gramm. So war sie. Sie hat ihm den ganzen Rest, den er ihr hinterlassen hat, mit auf den Weg ins Jenseits gegeben. Da standen viele Leute am Grab. Sie drehte sich um, lachte, so wurde mir die Szene erzählt, und sagte: ‹Davon hat er gelebt, daran ist er gestorben. Soll er jetzt darauf verzichten, nur weil er tot ist?› »

«Gerettet hat sie ihn nicht. Warum nicht», fragte Bassano. «Er war erst 38, als er starb.»

«Ihre Ehe war die Hölle gewesen, sagt man. Sie

hat ihn auch zweimal verlassen, das letztemal kurz vor seinem Tod. Er ist ihr nach Mailand gefolgt und hat sie auf den Knien angefleht zurückzukommen. Nach einem Aufenthalt in einer Klinik — das war Pats Bedingung gewesen — lebten sie dann ein paar Monate in Italien. Ohne eine einzige Spritze. Pat sagte, dass sie glücklich gewesen waren in dieser Zeit. Berger hätte es geschafft, er hätte es wahrscheinlich geschafft, vom Gift loszukommen; aber dann erhielt er eine Einladung zu einem ganz grossen Konzert in Amsterdam. Da war er wieder drin und sie damit. Sie kehrte dann noch mit ihm hierher zurück. Hier, im Seran hatte sie ihn kennengelernt, hier ist er auch gestorben. Durchfall, Fieber, Bewusstlosigkeit, Tod.»

Bassano hatte aufmerksam zugehört, schwieg noch eine Weile und sagte dann: «Seran, kommen wir zurück auf Seran. Die beiden haben in seinem Hotel Heroin bezogen. Wissen Sie mehr?»

Ich wunderte mich, dass er dieses heisse Eisen wieder anpackte. «Pat hat für Seran Heroin geschleppt. Wussten Sie das nicht? Sie hat einmal zu mir gesagt: ‹Ich glaube, ich habe alles gemacht, was Gott verboten hat!› »

«Seran», wiederholte Bassano. «Käme er in Frage?»

«Ob er sie umbringen liess, jetzt, Jahre danach? Sie sind der Untersuchungsrichter», sagte ich. «Ich bin nur Auskunftsperson. Ich weiss es nicht. Ich habe keine Ahnung, wer Pat erschossen hat.»

Bassanos Gesichtsausdruck veränderte sich wieder, wurde auf eine merkwürdige Art ruhig. Ich konnte dem Blick seiner Augen, die von den schweren, bedächtigen Lidern halb verdeckt wurden, nicht ausweichen.

«Ich habe Sie um Auskunft gebeten, das stimmt», sagte er gefährlich langsam. «Dann sagen Sie mir doch, was Pat Ihnen über ihre Beziehung zu Seran erzählt hat.»

«Er hatte sie als Telefonistin angestellt, weil sie nach Bergers Tod frei, aber auch mittellos war. Er hatte gehofft, dass sie weiterhin in Amsterdam oder Mailand Heroin für ihn abholen würde. Einmal sollte sie sogar für ihn nach Kairo fliegen. Aber sie wollte nicht mehr.»

«Im Gegenteil! Sie plauderte.»

«Ja. Sie erzählte Samy alles, was sie wusste.»

«Warum?»

«Sie hat mir einmal gesagt: ‹Seran? Ich hätte ihn umbringen können!› Dieser Hotelier war vermutlich der erste Schweizer, der mit schweren Drogen Geschäfte machte. Er importierte Heroin für einen Kreis wohlhabender, zum Teil prominenter Freunde und für ausgesuchte Gäste seines Hotels. Berger hatte Pat gestanden, dass er hier im Seran zum erstenmal in seinem Leben gefixt habe.»

«Hasste sie Seran deswegen?» wollte Bassano wissen.

«Sicher. Vor allem aber hasste sie ihn, weil sie Berger nicht hatte retten können, weil sie selbst hineingeraten war in den Shit, wie ich schon gesagt habe, und weil sie Seran sogar Schlepperdienste geleistet hat.»

«Und dann?»

«Lenz beging dann einen grossen Fehler. Er spielte der Polizei den Namen eines andern Schleppers zu, den Pat gekannt und verraten hatte. Lenz hoffte damit, eine offizielle Untersuchung durch die Polizei zu provozieren, die ihm dann erlaubt hätte, über den Fall zu berichten.

«Ein mieser Trick», meinte Bassano.

«Mies? Nicht mies, nein, der einzig mögliche Trick.»

«Der Pat in Schwierigkeiten gebracht hat. War es so?»

«Ja. Das war der Fehler. Das Rauschgiftdezernat unternahm nichts. Das war damals noch eine kleine Abteilung. Seran hatte offenbar so gute Kontakte zu ihr, dass er nichts zu befürchten hatte. Er war offensichtlich gewarnt worden. Der andere Schlepper verschwand sofort von der Bildfläche, und Pat geriet in Schwierigkeiten. Seran sagte ihr, dass ihm ihr Verhältnis mit dem Journalisten Como nicht passe.»

«Sie wusste, was das bedeutete, nicht wahr?»

«Ja, das wusste sie. Sie hatte einen wachen Sinn für Gefahren. Darum verschwand sie.»

«Wann war das?» fragte Bassano.

«Vor etwa sechs Jahren.»

Gedankenversunken zog Bassano am erkalteten Stumpenstummel. «Wohin verschwand sie?»

Ich war sicher, dass er das alles bereits wusste. «Sie war zu ihrem Vater gereist. Es war eine Flucht zu dem Manne gewesen, den sie liebte und trotzdem nicht mochte. Sie hatte ihm nie verziehen, dass er sie und ihre Mutter im Stich gelassen hatte. Sein Name ist Paine, Philip Paine. Er lebt in London. Ein halbes Jahr später kehrte sie zurück und rief vom Flughafen aus Samy an. Wie Sie wissen nahm ich den Hörer ab, weil Lenz mich darum bat. So lernte ich Pat kennen; so lernte ich ihre Stimme kennen.»

«Die Sie in Aufruhr versetzte.» Bassano lehnte sich zurück. «Daraufhin hatten Sie nur den einen Wunsch: zu erfahren, wem diese Stimme gehört.»

«Ja.»

«Was nicht schwierig war.»

«Nein, Pat war völlig abgebrannt, hatte kein Geld, keine Wohnung mehr. Lenz fühlte sich für sie verantwortlich und stellte sie als zweite Sekretärin an.»

Bassanos sanfte Lippen spielten mit dem Stumpenstummel. Nachdenklich liess er ihn auf und ab tanzen. Dann schob er eine Fotografie, die schräg neben dem schwarzen Telefonapparat zu seiner Rechten gelegen hatte, langsam vor sich hin. Es war ein Foto von Pat und zeigte sie, wie sie mit ihrer rechten kleinen Hand die Sonnenbrille von der Nase schob; ihr rechtes Auge war zugekniffen, das linke schaute triumphierend aus dem Papier. Um die schmalen Lippen ein Lächeln, Pats Lächeln, und die langen krausen Haare schmiegten sich um ihr bezauberndes Gesicht. Im tiefen Ausschnitt der sommerlichen Bluse sah man drei Ketten, alle aus

Silber. An der obersten hing ein kleiner Silber-Vogel mit ausgebreiteten Flügeln, ein Geschenk von Lenz. An der zweiten eine kleine schwarze Faust, ein brasilianisches Amulett. Was an der dritten, längsten Kette hing, konnte man auf dem Foto nicht erkennen. Es war ein Silberring, den ich ihr geschenkt hatte.

Bassano klaubte den Stumpenstummel von den Lippen und warf ihn in den steinernen Aschenbecher neben dem Aktenstoss. Er hielt jetzt Pats Foto mit beiden Händen. «Wer hat diese Frau umgebracht? Sie war zauberhaft.»

Ja, das war sie. Aufgestellt, lustig wie auf diesem Bild. So war sie manchmal. Sie war klein, trug Kleidergrösse 34. Wenn sie übermütig war, machte sie ihr berühmtes hohles Kreuz, das ihren etwas zu grossen Busen aufstellte und den runden Po in die verwaschenen Jeans drückte. Ihre Beine waren ein bisschen krumm, aber sie passten zu ihr. Die Nase war nicht besonders schön, doch sie machte neugierig. Die Haare waren braun wie trockene Erde und die Augen strahlend weiss mit einer Iris die mal grau war wie tropische Regenwolken über Ceylons Küste, dann wieder grün oder blau wie das Meer im Licht der Sonne. Alles passte auf sonderbare Art zusammen und machte sie unwiderstehlich.

«Ihr Lächeln», meinte Bassano. «Es ist das Lächeln der Sphinx. Unergründbar.»

«Nicht ganz», sagte ich. «Nicht ganz so königlich.»

«Haben Sie sie geliebt?» fragte er.
Was sollte ich darauf antworten! Hatte ich Sie geliebt? «...vielleicht», sagte ich.

Der Mann mit dem Amulett

Wie aus Verlegenheit schaute Bassano wieder in Patricias unvergessbares Gesicht hinein. Ich bemerkte, dass sein Handrücken dicht mit braunen Flecken bedeckt war. Seine kurzen Finger schienen die weisse Rückseite des Bildes kaum zu berühren. Er sagte eine Weile lang wieder nichts, sah nur auf das Bild, das leicht in seinen Händen lag. Dann legte er es vor sich hin aufs Pult und wandte seinen Blick gleichzeitig davon ab, fast abrupt. Er blickte jetzt zur Wand hin, wo der mit Fotos besteckte Pavatex hing. «Ein aufregendes Brett. Sie kennen es», begann er. «Es hing in ihrer Wohnung. Ich habe die Personen gezählt, die hier abgebildet sind. 35 Männer, zwei Frauen, eine richtige Sammlung.»

«Ihre Trophäensammlung», präzisierte ich.

«Wann hat sie damit angefangen?» fragte er.

«Das älteste Bild ist die Foto von Beryll Clark», sagte ich.

«Das wissen Sie? So genau?» wunderte er sich.

«Ein aufregendes Brett», sagte er nochmals.

«Finden Sie?»

«Sie nicht?»

Ich schwieg.

«Immerhin waren Sie interessiert genug, um in Erfahrung zu bringen, was diese Köpfe bedeuten.»

«Überhaupt nicht. Das wusste jeder. Jeder wusste das.»

«Trophäen?»

«Trophäen, ja.»

«Wissen Sie, warum diese Sammlung von Männern ausgerechnet mit Beryll Clark, dem älteren Herrn dort im offenen Hemd, beginnt?»

Ich wich seiner Frage aus. «Fragen Sie Samy Como!»

«Ich habe ihn gefragt», sagte Bassano.

«Und?»

Er lächelte nur. «Was wissen Sie über die beiden Frauen?»

«Sie gehören dazu», sagte sich.

Bassano schaute mich an, als ob er noch etwas sagen wollte. Er hatte wieder einen Stumpen zwischen den Lippen. Seine fast schwarzen Augen verdunkelten sich noch. Nahm er mich überhaupt noch wahr? Er schien die Fähigkeit zu haben, einen genau anzusehen, seinen Blick dann aber langsam umzukehren ins eigene Innere hinein. Nach etwa zehn Sekunden gab er sich einen Ruck und suchte nach Streichhölzern. «Haben Sie Feuer, Georg? Und Comos Dossier, bitte!»

«Die Schachtel liegt neben Ihrer Hand», sagte ich. Ich griff danach. «Darf ich?»

Er wehrte ab. «Danke. Wo war ich?». Er schien nicht mehr bei der Sache zu sein. Ich hatte den Eindruck, dass er litt, tief innen mit sich selbst beschäftigt war. «Pat kehrte also aus London zurück. Wann war das?» frage er mich.

«Das weiss ich nicht, nicht genau», sagte ich.

«Como weiss es bestimmt.»

«Richtig, richtig!» rief Bassano. Er war plötzlich quicklebendig. «Haben Sie das Dossier gefunden, Georg?»

Ein rühriger Kriminalgeselle, dieser Georg. Er hielt Comos Dossier bereits abrufbereit in der Hand.

«Como, Samy Como. Was für ein Kerl! Er hat mir viel erzählt, auch über Sie und über Lenz, und doch noch zuwenig», sagte Bassano. Er holte ein Streichholz aus der Schachtel, strich es an, hielt die Flamme an den Stumpen und sog sie in den braunen Stengel hinein, bis er aufglühte. Dann öffnete er Comos Dossier, blätterte darin, überflog ein paar Blätter und fand offenbar, wonach er gesucht hatte. «Da!» rief er. «Da haben wir's. Die Geschichte mit Seran, Pats Flucht zu ihrem Vater und dann — er las ein Stück aus Comos Aussage vor: Wir hatten uns Sorgen gemacht, befürchteten das Schlimmste. Hatte Seran seine Telefonistin aus dem Weg geräumt? Ich rief Pat's Mutter an. Sie wollte nicht reden. Immerhin sagte sie mir, dass ihre Tochter wohlauf sei. Wo sie war, verriet sie mir nicht. Ich spürte, dass auch sie sich Sorgen machte. Ein halbes Jahr lang hörten wir nichts mehr von Pat, bis Sie mich eines Tages vom Flughafen aus anrief. Sie lebte. Und wie! Sie sagte, sie sei wieder da, und fragte, ob ich ihr einen Job wüsste. Ich überredete Lenz, ihr Arbeit zu verschaffen, weil sie völlig mittellos war.»

«Sie kam von allen ihren Ausflügen mittellos zurück», sagte ich.

«Sie arbeitete also erst im Sekretariat der Illustrierten, und dann kam die grosse Chance», fuhr Bassano fort. «Die Geschichte ist mir bekannt, ein Interview mit einem Playboy. Sie haben seinen Namen bereits erwähnt.»

«Ja.»

«Beryll Clark. Ein interessanter Mann. Er hat mich freiwillig besucht als er vernahm, weshalb ich ihn zu sprechen wünschte. Er lebt vom Ertrag einer riesigen Kaffeeplantage in den Bergen Natals. Hat er Pat die Liebe zu diesem Land eingepflanzt?»

«Keine Ahnung», sagte ich.

«Aber die Geschichte mit Beryll, die kennen Sie.»

«Wer kennt sie nicht!»

«Herr Como sagte dazu folgendes aus: Wir hatten gehört, dass Clark in der Stadt sei. Er hatte in London Ärger gehabt mit drei Journalistinnen eines Emanzenblattes. Ich sagte zu Lenz: ‹Schick Pat hin! Clark mag die Männer nicht, schon gar keine Fotografen. Und Journalistinnen hält er für Penisneiderinnen, seit ihn die Emanzen verklatschten. Aber auf die Berger steht er, du wirst sehen.› Lenz sagte: ‹Wenn du meinst!› Ich gab ihr meine Kamera, erklärte ihr, wie sie funktioniert — und weg war sie.» Bassano lächelte. «Ich muss hier einfügen», sagte er, «dass diese Aussagen unter Eid gemacht wurden. Ich hatte gehofft, dass Herr Como zu einem wichtigen Zeugen in diesem Fall werden würde. Er war nicht nur Auskunftsperson wie

Sie ...» Er machte eine Pause, als ob er vergessen hätte, wo er stehen geblieben war. Aber das war nur eine Finte, da war ich sicher. Er behielt mich unentwegt im Auge. Dann fuhr er fort, Comos Aussage vorzulesen: «Pat sah damals aus wie ein verkommener Teenager. Irgendwo fehlte immer ein Knopf, an einer Bluse oder an der Wolljacke, die sie meistens trug. Ihre Haare waren strähnig, sie wirkte ungebadet, und die hohen Absätze ihrer Leinenstiefel waren schief gelaufen. Bevor sie ging, rief sie: ‹Samy, hey, lach mal, dammi!› Sie hatte meine Kamera am rechten Auge und stand da mit dem Apparat vor dem Gesicht — wie eine Göttin. Da wusste ich, dass sie es schafft.»

Bassano schaute mich an. «Sie war sexy. War sie das?» fragte er.

«Wollen Sie meine Antwort oder die von Pat?» fragte ich.

«Beide», sagte er rasch.

«Ihre Antwort lautete: Nein. Ich seh nur so aus. Manchmal seh ich sexy aus, das stimmt.»

«Und?» fragte Bassano. «Ihre eigene Meinung?»

«Es war was Wahres dran an ihrer Antwort», sagte ich. «Aber es war nicht die ganze Wahrheit. Sie war ein Rätsel in dieser Hinsicht.»

«Interessant», sagte Bassano. «Etwas Ähnliches steht irgendwo in einem Protokoll. Jedenfalls hatte sie Erfolg, wenn sie ihn brauchte.»

«Ja, den hatte sie.»

Bassano fuhr fort: «Como hat ausgesagt, dass Pat am Morgen nach dem Interview erst gegen

Mittag auf die Redaktion kam, strahlend. Sie hatte es geschafft. Sie hatte ausgesprochen lustige Bilder von diesem alten Playboy gemacht, und er hatte ihre Fragen augenzwinkernd beantwortet. Ich habe mir die Ausgabe besorgt.» Er wollte mir die aufgeschlagen im Dossier liegende Zeitung herüberreichen.

«Nicht nötig», sagte ich. «Ich kenne dieses Erstlingswerk. Ich habe Ihnen ja gesagt, dass mich allein schon ihre Stimme am Telefon in Aufruhr versetzt hatte.»

«Sie waren verliebt, nicht wahr? Aber Sie hatten noch keine Chance», setzte er trocken hinzu. Dann las er mir den Text, den Pat mit Samys Hilfe verfasst hatte, vor. Bassano wirkte wie verzaubert. Und er hatte die Wahrheit getroffen: ich hatte damals tatsächlich noch keine Chance bei Pat gehabt. Warum nicht? Ich hatte nicht nach Gründen gesucht. Ich hatte einfach gemerkt, dass sie auf mich nicht reagierte.

«Alles Lüge, was die drei weiblichen Journalistinnen in London geschrieben haben!» las Bassano heiter gestimmt vor. «Beryll Clark impotent? In die Schweiz geflüchtet, um sich von einem Spezialisten behandeln zu lassen? Um sich in der Bergluft der Alpen zu erholen oder im Herbstnebel den verflossenen Freuden in den Betten seiner 1013 Gespielinnen nachzuträumen; weit weg von den Mädchen aus New Yorks Discoclubs, Londons Kingsroad und den Nachtclubs von Paris, den Casinos von Nizza, Cannes, Monte Carlo? Lüge!» Bassano schmunzelte. «Sie verteidigte ihn beinahe empört, stimmt's?» Amüsiert las er weiter vor: «Beryll Clark (57) ist noch der alte, unverwüstliche Liebhaber. ‹Ich kam in die Schweiz, um mich hier ärztlich behandeln zu lassen, das stimmt, aber auch weil ich weiss, dass hier in Zürich die schönsten Frauen Europas leben›, vertraute er mir an. Ich bedankte mich und fragte, wer die Glückliche sei. Seine Antwort war reizend. ‹Ich bin erst gestern angekommen. In meinem Alter kann man warten›. Und er zwinkerte mir zu.»

Bassanos Schmunzelgesicht irritierte mich. Ich fühlte mich wie an einer Party mit Musik, Gin, Whisky und schönen Frauen. Sass ich wirklich auf einem harten Stuhl vor dem Pult des Untersuchungsrichters Dr. iur. Giuseppe Leo Bassano?

«Sachen gibt es!» sagte er. Dann fragte er mich, ob es stimme, dass Pat sich danach verändert habe.

«Warum fragen Sie mich das alles?» protestierte ich. «Ich war nicht in ihrer Nähe damals, ausserdem wissen Sie das alles bereits.»

«Ja», gestand er heiter. «Sie trug die modischsten Blusen, schnitt sich die Haare wieder kürzer. Keine schiefen Absätze mehr. Sie war ständige Begleiterin des alten Knaben und fuhr mit ihm für einen Monat an die Traumstrände Rio Natals. Sie wurde in St. Moritz an seiner Seite gesehen, in Rom, Paris, Nizza, London.»

«Sie lebte von Liebe, Sex, Supersex. Und sie wurde Klatsch-Kolumnistin der 'Schönen Welt'», ergänzte ich.

«Supersex?» fragte Bassano. «Was ist denn das. Das ist mir neu.»

«Versuchen Sie's!» schlug ich ihm vor. «Man lässt sich wecken, so um sechs Uhr früh zum Beispiel, schluckt gemeinsam eine Dosis Amphetamine, legt sich wieder schlafen und macht Liebe, wenn man wiedererwacht. Da ist schon was dran. Supersex eben. Und eine gewisse Gefahr, sich daran zu gewöhnen.»

Er nickte beeindruckt. Dann schüttelte er den Kopf. «Nichts für mich.» Er fragte mich dann, ob ich in dieser Zeit festen Kontakt zu Pat gehabt, ob ich mit ihr gesprochen, sie getroffen habe.

«Nein», sagte ich. «Ich sah sie gelegentlich, redete mit ihr. Beruflich und halbprivat.»

«Ihre Stimme, die Sie in Aufruhr versetzt hatte damals am Telefon: Haben Sie nicht Feuer gefangen, als sie Pat dann begegnet sind?» wollte er wissen.

«Feuer!» antwortete ich. «Was heisst Feuer. Sie gefiel mir.»

«Und Sie sind ihr begegnet.»

«Ja, natürlich.»

«Immer wieder.»

«Ein paarmal.»

«Wo?»

«Auf der Redaktion, in der Stadt, an einer Bar.»

«Haben Sie mit Kollegen über sie gesprochen?»

«Ja.»

«Sie hielten sich auf dem Laufenden. War es so?»

«Ich wusste Bescheid, ja.»

«Zum Beispiel?»

«Sie hatte Beryll oder Beryll hatte ihr den Laufpass gegeben. Jedenfalls war Schluss. Ende. Aus. Ihre Absätze waren bereits wieder ein bisschen schief gelaufen. Und sie hatte einen aussergewöhnlichen Ruf: Man sagte, sie schlafe mit jedem, den sie interviewe. Die Telefonistin vom Hotel Seran hatte es geschafft.»

«Waren Sie schockiert?»

«Ja.»

«Wegen ihres Rufs?»

«Sie gefiel mir, aber irgend etwas störte mich plötzlich. Und zwar in ihrem Gesicht. Ich weiss noch heute nicht, woran das lag. Vielleicht daran, dass sie plötzlich hemmungslos unglücklich war. Und das war sie damals. Ich denke, Sie wissen, weshalb.»

«Schwierigkeiten auf der Redaktion, nicht wahr?»

«Ja.»

«Mit wem?»

«Grundsätzlich.»

«Mit keinem Kollegen?»

«Doch, auch.»

«Lenz?»

«Nein, nicht eigentlich mit Lenz, nein. Ein anderer brachte den Stein ins Rollen.»

«Strasser.»

Bassano war informiert. «Sie wissen Bescheid», sagte ich.

«Ich möchte trotzdem erfahren, was Sie davon halten», sagte er. «Darf ich?»

Was sollte ich ihm sagen? Was Lenz mir einmal gesagt hatte? «Wenn Samy sich seine Informationen im Bett einer Hure holt oder eine Telefonistin verführt, um was zu erfahren, stört mich das nicht. Aber wenn meine Klatsch-Kolumnistin mit jedem zweiten, den sie interviewt, ins Bett steigt und dann Berichte schreibt, die so freundschaftlich sind, dass einen beim Lesen die grosse Langeweile heimsucht, wenn sie bevorstehende Scheidungen verheimlicht, weil der Ehemann, der Gefallen an ihr findet, sie darum bittet, dann ist es Zeit, diese Bumserei abzustellen. Journalismus ist ein Beruf und kein Vergnügen.

«War das fair?» fragte Bassano.

«Es war nicht unfair», sagte ich. «Sie haben sicher auch schon Frauen befragt, beruflich, meine ich.»

«Ja», sagte er. «Sicher.»

«Haben Sie je mit einer dieser Frauen geschlafen?»

Er schüttelte den Kopf, wich der Frage aus; er stand auf und ging zum Brett an der Wand. «35 Männer, Trophäen eines Jahres», sagte er wie zu sich selbst. «Playboy Beryll, Schauspieler, Sänger, Fernsehstars, Franzosen, Deutsche, Italiener, Amerikaner, Schweizer. Was für eine Frau! War sie glücklich?»

«Vermutlich immer wieder mal, ja. Sie konnte sehr glücklich sein. Aber Sie haben meine Frage nicht beantwortet», entgegnete ich.

Er kehrte zu seinem Stuhl zurück. Sein Gang war merkwürdig jung, als ob in seinem fetten Körper jemand anderer wohnte, ein flinker, schlanker, junger Mann. Wie alt mochte er sein? 45 vielleicht, keine fünfzig.

«Vor sechs Jahren hat eine Frau auf Ihrem Stuhl da gesessen. Sie hatte ein Problem. Ich habe sie zum Nachtessen eingeladen. Fragen Sie mich nicht warum!»

«Weil Sie nicht allein sein wollten», sagte ich.

Er lächelte wehmütig. «Nein, weil sie mir gefiel.»

«Eben.»

«Zwei Tage später hat man mich gebeten, das Gespräch, das ich mit dieser Frau geführt hatte, diskret zu den Akten zu legen. Ich tat es, obwohl ich wusste, dass sie nicht gelogen, nicht übertrieben, sondern die Wahrheit gesagt hatte.»

«Haben Sie mit ihr geschlafen?»

«Nein», sagte er ganz sanft, «aber sie hat mir ihr Bild geschenkt.» Und er griff in seine aschgraue Flanelljacke und zog eine Brieftasche hervor, die vermutlich älter war als er selber, so abgegriffen war das Leder. Dann hielt er die Fotografie einer Frau in der Hand. «Ich habe sie nie vergessen. Ist sie nicht schön?» fragte er mich.

Ich sah mir das Bildchen an, ohne mich zu bewegen. «Ja, sie ist schön», sagte ich. Erst jetzt erkannte ich die Frau. Sie hatte kurzgeschnittene Haare mit Stirnfransen, die sich an einem kaum sichtbaren Scheitel teilten und die kecken Augen halb verdeckten. Das Lächeln, die Nase, die Wangen. Es war Pat. Ich sagte kein Wort.

«Meine Trophäe», lächelte Bassano traurig. «Sie hatte am Telefon einen Bezirksanwalt verlangt, und man hatte sie mit mir verbunden. Sie besuchte mich, berichtete mir, was sie einem Journalisten gestanden hatte und meinte, es sei ihr nicht wohl dabei. Sie hatte Angst und suchte meine Hilfe, meinen Rat. Ich nahm dann Kontakt auf mit dem Rauschgiftdezernat. Zwei Tage später erhielt ich Bescheid, dass es einen «Fall Seran» nicht gebe. Meine vorgesetzte Behörde gab mir Kenntnis von einer bereits durchgeführten Untersuchung, die negativ verlaufen war und bat mich um Diskretion. Ich versuchte daraufhin, die junge Frau wieder zu erreichen, aber sie war verschwunden. Ich rief ihre Mutter an, traf sie auch und erfuhr, dass Pat in London und wohlauf sei. Da entschied ich mich für die mir empfohlene Diskretion. Schlimm, nicht wahr?»

«Haben Sie Pat noch einmal gesehen?» fragte ich.

«Nein», sagte er. Dann liess er ein paar Sekunden verstreichen. «Einmal noch habe ich sie gesehen und sofort wieder erkannt, wie sie vor mir lag, tot, die Arme an das braune Haar geschmiegt.»

Ich wusste nicht, was ich sagen sollte. Wie war das möglich. Bassano und Pat! Er steckte das Bildchen zurück in die abgegriffene Brieftasche und setzte die Befragung fort, als ob nichts weiter geschehen wäre zwischen uns, als ob er mir nur verraten hätte, wie er eine junge Frau kennengelernt, sich verliebt und sie dann wieder aus den Augen verloren hatte. Er blickte wieder zur Fotosammlung, die an der Wand hing und sagte: «Ich habe versucht, alle diese 35 Männer und die beiden Frauen zu befragen.» Ich spürte, wie er sich bemühen musste, kühl zu bleiben. «Es ist mir beinahe gelungen. Nur einen Mann, den keiner kennt, konnte ich nicht aufspüren.»

Ich sagte nichts, schaute ihn nur fragend an.

«Sie wissen, wen ich meine. Schauen Sie hin!»

Ich hütete mich, ihm diesen Gefallen zu tun. «Ich weiss nicht, wen Sie meinen», log ich.

«Diesen schönen, jungen Mann, blond, glücklich im Augenblick als die Aufnahme gemacht wurde. — Kennen Sie ihn nicht?»

«Warum sollte ich?»

«Die Kette; eine Sonne als Amulett», sagte Bassano. Er blickte noch immer zur Fotowand. «Wer ist das?»

«Ich weiss es nicht», sagte ich.

Er löste seinen Blick von den Fotos und schaute an mir vorbei, vermutlich zum Fenster hinaus in die Kastanienbäume hinein, die verregnet im Hof des Gerichtsgebäudes standen. «Seltsam», sagte er. «Auf dem Bild fand ich ihre Fingerabdrücke.»

Er sagte dies so leise, dass ich es kaum hörte. Oder hörte ich bereits, was er nur dachte? Er hatte meine Fingerabdrücke gefunden auf dem Bild!

«Ich warte auf Ihre Antwort», sagte er.

Mir war, als ob die Decke über mir sich verschob, dass die Wände wuchsen, um Raum zu schaffen für den Schreck, der mich beinahe zerriss. An Fingerabdrücke hatte ich nicht gedacht.

«Patricia hat diesen jungen Mann geliebt, über alles geliebt, obwohl sie ihn verlassen hat, verlassen musste. Sie wäre zu ihm zurückgekehrt. Und das wussten Sie. Ich erwarte keine Antwort von Ihnen, nicht bevor ich Sie darauf aufmerksam gemacht habe, dass Sie keine Aussage machen müssen, die Sie belastet.»

Bassano! «Haben Sie auch auf den anderen Fotos nach Fingerabdrücken gesucht?» fragte ich.

«Ja, ja», murmelte er. «Haben wir. Alle sind sie voll von Fingerabdrücken. Aber Fingerabdrücke von Ihnen fanden wir nur auf diesem einen Bild.» Seine Hände lagen unterm Tisch, vermutlich auf den Schenkeln. «Wann hat Ihnen Patricia gestanden, dass sie endgültig nach Rio zurückkehren werde, zurück zu diesem jungen Mann mit dem Sonnen-Amulett?»

Ich lachte lautlos in mich hinein. Er hatte mich also als Auskunftsperson in sein Büro gelockt, um mich hier zu überrumpeln. Warum hatte er mich nicht einfach gefragt, wann ich zuletzt bei Pat gewesen war?

«Sie fahren auf dem falschen Dampfer», sagte ich, lehnte mich zurück, entspannte mich und streckte meine Beine gegen sein Pult.

Bassano, «der Philosoph», wie man ihn nannte, hatte versucht, mich zu überrumpeln! Man sagt, er sei schlau, nie voreilig, aber spürsicher wie Sokrates und ebenso hinterhältig. War er wirklich so gefährlich wie sein Ruf?

«Es tut mir leid», sagte ich. «Kann ich Ihnen sonstwie helfen?» Ich behielt ihn im Auge. Was hatte er erwartet? Dass ich zusammenbrechen würde?

«Danke», sagte er. «Vielen Dank. Dann sagen Sie mir doch, wie Ihre Fingerabdrücke auf dieses eine Bild kamen. Wann war das?» Seine Hände lagen wieder auf dem Tisch, in der rechten Hand hielt er den Stummel des Stumpens.

«Pat hatte mich zu sich gerufen», erzählte ich. «Zwei Wochen bevor sie starb. Das Bild war auf dem Küchentisch, wo alles lag, was sie heimbrachte oder was ankam und nicht zum Abfall gehörte. ‹Ein neuer Liebhaber.› fragte ich sie. Ich nahm die Foto und steckte sie mit einer Ecke unter irgend eine andere Trophäe auf dem Brett, vermutlich dorthin, wo sie jetzt noch steckt.»

«Wie hat sie Ihre Frage beantwortet?» fragte Bassano rasch. Sein Atem ging schneller. Sein Herz musste tanzen. Er war nicht enttäuscht. Er schien bloss verzweifelt, dass er ins Leere gegriffen hatte.

«Was sie gesagt hat?» Ich sah ihm in die Augen. Sie waren schwarz wie der angerauchte Stumpen, den er jetzt, tief in Gedanken versunken, in der Faust langsam zerdrückte. «Ich weiss es nicht mehr», sagte ich.

Die Trophäensammlung.
Rio Natal. USA.

Bassano stand auf, strich die zerriebenen Tabakblätter in den Papierkorb und wusch sich die Hände am kleinen Waschbecken neben der Türe. Danach legte er die nassen Hände ans Gesicht, nahm das schneeweisse Tuch, das neben dem emaillierten Becken an der Wand hing, und trocknete damit zuerst seine Hände, dann die hohe Stirn, die breiten Backen, die Augen.

Als er wieder auf seinem alten Sessel sass, fragte ich ihn, ob er mich für den Mörder halte.

«Ein verlockender Verdacht», sagte er, «wenn man vergessen könnte, dass Sie ein Alibi haben.» Er war verbittert und bemühte sich nicht, es zu verbergen. «Sie haben mit ihr geschlafen, wieder geschlafen, obwohl Sie wussten, dass sie mit Lenz ernsthaft liiert war», warf er mir vor.

Darauf gab es nichts zu sagen. Trotzdem verteidigte ich mich: «Sie hat ihn betrogen wie sie alle ihre Männer betrogen hat. Da war nichts besonderes dran, ausser dass Lenz es nicht wahrhaben wollte.»

«Übertreiben Sie jetzt nicht?» fragte Bassano.

«Wissen Sie es besser?» forderte ich ihn heraus.

«Ja», antwortete er. «Vielleicht. Und wissen Sie warum? Ich habe die Männer und die beiden Frauen, deren Bilder dort an der Wand hängen, befragt, bis auf den einen jungen, schönen Mann.

Wollen Sie die Antworten hören? Georg, das blaue Dossier!»

Ich hatte ihn vergessen gehabt, den kleinen Beamten im Halbdunkel der Ecke. Jetzt reichte er ein himmelblaues Dossier herüber. Bassano schlug es auf. Es schien mir, als ob er schon hundertmal darin geblättert, gelesen, darüber gebrütet und dann geträumt hätte. «Hier sind 36 Einvernahmen. Kurze, längere, telefonisch und persönlich eingeholte», sagte er. «Das erste Blatt enthält die Einvernahme von Beryll Clark. Er sagte aus: ‹Sie war für mich eine Art frischer Wind. So wie man ihn am Meer erleben kann. Man sitzt unter der brennenden Sonne, liegt im heissen Sand, und da kommt plötzlich ein Wind auf, kühl, frisch. So war sie.› Im übrigen habe sie ihn verlassen, meinte er, weil sie es nicht ausstehen konnte, dass er in Gesellschaft, mit einer teuren Zigarre im Gesicht, andauernd ‹auf Jagd› war, wie sie ihm vorwarf. Er flirtete ihr zuviel, sie fühlte sich vernachlässigt. ‹Ich glaube, sie hat mich geliebt.› Geld nahm sie nicht viel von ihm. Ihre Romanze dauerte drei Monate, wenn man sehr tolerant ist, fast ein Jahr lang. In der Mordnacht weilte Beryll Clark in London.»

Bassano legte das Blatt mit Berylls Einvernahme beiseite und überflog die nächste Zeugenaussage. «Da haben wir Sandro Pelli, den Sänger. Er trat hier im Fernsehen auf. Pat hat ihn im Studio interviewt. ‹Es war mehr eine Plauderei als ein Interview›, sagte der Italiener. ‹Sie sprach ganz gut italienisch. Und sie war reizend. Ich schlug vor, dass wir uns nach der Sendung im Hotel weiterunterhalten könnten, weil wir im Studio dauernd unterbrochen worden waren.› Dazu muss ich sagen», fügte Bassano bei, «dass ich die Romanzen zeitlich geordnet habe. Pelli ist Nummer zwei in der Sammlung. Sie traf ihn etwa drei Wochen nach dem Interview mit Beryll Clark.»

«Hat sie mit ihm geschlafen?» fragte ich.

Bassano lächelte triumphierend. «Eifersüchtig?»

Ich versuchte, mein müdestes Lächeln zu spielen. Aber er hatte mich durchschaut. Ich war eifersüchtig. Immer wieder durchbrach er die Barriere, die ich errichtet hatte.

Freundlich sagte er: «Nein, sie hat nicht mit ihm geschlafen. Pelli sagte aus: ‹Wir unterhielten uns in meinem Zimmer bis vier Uhr früh. Zwischendurch fotografierte sie mich, immer wieder. Sie machte die lustigsten Sprüche, um endlich mein Gesicht so zu sehen, dass nichts mehr drin war von der Arroganz des Erfolgreichen, wie sie sagte.› Später schickte sie ihm die besten Bilder und schrieb dazu: ‹Ein hübscher Junge, nicht wahr, wenn er vergisst, dass er ein Star ist.› Pelli war zur Zeit des Mordes auf Tournee in Frankreich. ‹Zum Abschied küsste sie mich›, sagte er aus. ‹Ich erinnere mich noch heute an diesen schnellen, heftigen Kuss. Sie hielt die Zähne geschlossen. Sie schmiegte Ihren ganzen kleinen Körper an mich. Dann klopfte sie mir auf den Rücken. Ich packte sie an beiden Schultern, schob sie sanft von mir, schaute in ihre Augen, die während unseres Gesprächs manchmal gestrahlt hatten wie ein Aquamarin im Sonnenlicht. Sie lächelte dunkel. ‹Es war schön›, sagte sie. Dann ergriff sie ihre grosse Tasche mit Kamera, Filmen und allem Möglichen drin. Und weg war sie!› »

Bassano behielt das Aktenstück in der Hand, schaute hinüber zum Brett. «Schauen Sie sich die Foto Pellis an. Eine Trophäe?» fragte er. «Eine Erinnerung an ein Gespräch, an einen Kuss, an eine Umarmung.»

Er hörte, wie ich tief ausatmete, und ich spürte, wie er das registrierte.

«Nummer drei», sagte er. «Christian Kracht, ein Kollege von der Konkurrenz. Sie kannten sich bereits, bevor sie sich in Paris trafen. Da war eine Pressekonferenz für irgend einen grossen Film. Kracht sagte aus: ‹Ich hatte sie zwei Wochen vorher kennengelernt und mich total in sie verliebt. In Paris stiegen wir im gleichen Hotel ab und nahmen zusammen ein Doppelzimmer. Sie legte sich aufs Bett, streckte den rechten Arm nach mir aus und zog mich zu sich. Sie knöpfte mein Hemd auf. Muss ich mehr erzählen? Wir liebten uns fast den ganzen Nachmittag. Wir liebten uns die halbe Nacht. Wir liebten uns am Morgen nach dem Frühstück. Es war wunderbar. Sie ist nach der Pressekonferenz nach London weitergeflogen. Als wir uns auf dem Flughafen verabschiedeten, fragte sie: ‹War's schön?› Ich nickte und wusste, es war zu Ende. Sie drehte mich ins Licht eines grossen Fensters. Sie hatte den Fotoapparat in der Hand.

‹Schau nicht so traurig drein. Du bist doch glücklich verheiratet, schliesslich und endlich!› schimpfte sie lustig. Seither sind wir Freunde. Geschlafen haben wir nie mehr miteinander.› Trophäe Nummer drei», sagte Bassano. Er legte auch dieses Aktenstück zur Seite. «Kracht war in der Nacht des Mordes daheim bei Frau und Kindern.»

«Sie haben es überprüft?» fragte ich erstaunt.

«Nein. Ich glaube ihm», sagte Bassano bestimmt.

«Er hat übrigens seiner Frau diesen Seitensprung gestanden. Interessant, nicht wahr? Er hat mir gesagt: Ich musste. Und ich konnte es tun, weil wir beide seit Jahren gelegentlich eine Verliebtheit ausleben, so wie es sich ergibt. Für uns der einzige Weg, die Ehe über die Jahre hinweg zu erhalten.»

Bassano schaute mich vorwurfsvoll an. «Soll ich fortfahren? Sie werden 31 ähnliche Aussagen hören. Die beiden Damen bestätigen, dass Patricia Berger-Paine auch erotische Beziehungen zu Frauen hatte. Keine dieser Personen kommt jedoch für die Tat in Frage. Es wäre ja auch erstaunlich. Deren Beziehungen zu Pat liegen Jahre zurück. Sie hat mit sechs dieser Männer und den beiden Frauen intime Beziehungen gehabt; mit den andern hat sie geflirtet, gespielt, sich befreundet. Beryll Clark und Christian Kracht sagten aus, dass sie im Bett wunderbar war; ein anderer meinte, dass sie auf eine elementare Art ruhelos sei. Tom, wie heisst er..? Der Autor. Er sagte, dass Sex für sie ein noch ungelöstes Rätsel war und meinte, sie sei vermutlich noch auf der Suche gewesen. Wonach? Wer weiss das! Nach der grossen Liebe vielleicht, die ihr hätte Ruhe bringen können. Erfüllung. Charles Boyer, der Skip einer kanadischen Curlingmannschaft, hingegen war eher enttäuscht von ihr. Er sagte: ‹Sie wird Shot, ein paar mal. Aber nach zwei, drei Tagen merkte ich, dass alle ihre Steine zu kurz kamen.› Was sagen Sie dazu?»

«Sie war nicht frigid, nein. Aber sie brauchte die Abwechslung, sonst wurde sie's. Im übrigen wissen Sie mehr; sie kennen Pat bereits besser als ich. Weshalb also diese Fragerei?»

Bassano überhörte den Einwand. «Hundertmal, heisst es, habe sie Berger betrogen. Was für ein Unsinn! Von den 36 Abenteuern eines einzigen Jahres die man ihr vorhält, bleiben nur acht, wenn man Freundschaft, Spass, Übermut und Arbeit abzieht: sechs Männer und zwei Frauen. Was meinen Sie, wie oft hat sie Berger tatsächlich betrogen?»

Ich antwortete ihm nicht.

«Zehnmal?» fragte er. «Aber was heisst das schon. Es gibt in diesem Fall interessantere Personen als die anonymen Schatten einer Legende.»

Ich wusste nicht, was ich ihm antworten sollte.

Langsam, Wort für Wort in die Länge ziehend, fragte er: «Was wissen Sie über den Mann mit dem Sonnen-Amulett, auf dessen Foto Ihre Fingerabdrücke sind?» Er liess nicht locker.

«Nichts», sagte ich.

«Ich bin ratlos. Warum haben Sie dieses Bild zu den übrigen gesteckt? Und warum haben Sie nochmals oder wieder mit Pat geschlafen? Sie wussten ja, dass Lenz und Pat sich geliebt haben und diese Liebe sehr ernst nahmen. Warum also?»

«Muss ich das beantworten?» fragte ich.

«Nein, zum Teufel, das müssen Sie nicht.»

Bassano schloss den blauen Aktenstoss mit den Aussagen der befragten Männer und Frauen. «Fahren wir fort! Patricia Berger litt unter dem Ruf, ihre Interviews jeweilen im Bett der Interviewten fortzusetzen. Sie kündigte sogar, weil man ihr dies vorhielt. Stimmt's?»

«Ich weiss nur, was ich gehört habe.»

«Como sagte aus, dass dieses Gerücht sie verletzte, dass sie wütend und verzweifelt war.»

«Ja, das war sie. Und sie war unglücklich.»

«Woher wissen Sie das?»

Ich traf sie damals. In einer Bar.

«Ja, das hat mir auch Herr Como gesagt. Er war dabei. Wo war es?»

«Vermutlich in der Kronenhalle.»

«Vermutlich?»

«Es war die Kronenhallebar.»

«Sie erinnern sich! Es sind mehr als vier Jahre her; aber Sie erinnern sich genau. Ich weiss aus Erfahrung, dass dies ungewöhnlich ist, es sei denn, dass Sie verliebt waren, schon damals. War es so?»

«Mit Vorbehalten. Vielleicht war ich verliebt. Ich habe Ihnen ja gesagt, dass sie mir gefallen hat.»

«Ihr Freund Como ist überzeugt, dass Sie verknallt waren in sie, wie er sagte.»

«Ja, ich war verknallt, ja, ja, ja! Aber ich spürte, dass es bei ihr noch immer nicht funkte. Sie fluchte auf Strasser. Sie hatte eine Stinkwut auf diesen verknorksten Onanierer, wie sie ihn nannte. Er hatte an einer Konferenz gesagt, dass man fast jedem ihrer Interviews anmerke, dass sie mit dem Typ gebumst habe.»

«Auch Lenz hielt ihr das vor.»

«Nicht vor andern, nein. Er hat sie aber auch nicht verteidigt.»

Es kam zum Krach. Pat soll gesagt haben: «Entweder Strasser oder ich.» Lenz ging darauf nicht ein. Sie hätte bleiben können. Aber sie kündigte. Ich fragte sie: «Und was machst du jetzt?» Das war an der Bar. Sie lachte unglücklich, hemmungslos verbittert. «Was man so macht, wenn man alles verliert. Ich wandere aus.»

«Das hat mich tief beeindruckt», sagte Bassano. «Sie beschloss auszuwandern. Rio Natal. Was für eine Frau! Wie lange war sie dort?»

Er nervte mich mit seiner Fragerei. «Sie wissen es doch längst», sagte ich. «Ein Jahr.»

«Was wissen Sie über dieses Jahr in Rio Natal?»

«Sie lernte portugiesisch, fand einen Job, schwarz, ohne Arbeitsbewilligung, und lebte.»

«Was heisst das?»

«Was kann das bei ihr schon heissen, schon anderes heissen als: Sie lag an der Sonne, machte Liebe, verliebte sich.»

«Wissen Sie in wen?»

«Ja, sie hat mir Fotos gezeigt. Es war ein Typ

mit viel Temperament.»

«Sie lebte sieben Monate mit ihm zusammen. Stimmts?»

«Ja, im Haus seiner Eltern übrigens. Die Wohnungen sind teuer in Rio Natal.»

«War sie so berechnend?»

«War sie durchaus.»

«Wissen Sie seinen Namen?»

«Juan.»

«Er wollte sie umbringen, sagt man. Stimmt das?»

«Ja.»

«Hat Pat Ihnen erzählt, warum?»

«Warum wohl? Nein, sie hat es mir nicht erzählt. Ich habe es erst von Lenz erfahren.»

«Wann?»

«Am Abend bevor Pat ermordet wurde.»

Bassano ging nicht darauf ein. Ich bemerkte aber, dass er Georg ein Zeichen gab. Es war nur ein schneller Blick. Dann hörte ich hinter meinem Rücken das Geräusch der Schreibmaschine. Ich erschrak. Hatte ich bereits zuviel gesagt?

«Dieser Mordversuch», begann Bassano, «nein, darauf kommen wir später zu sprechen», unterbrach er sich selber. «Es war ja auch nur eine Morddrohung. Wissen Sie, warum Pat Juan damals verliess?»

«Ich weiss nur, dass sie einen Amerikaner traf, einen alten Bekannten, mit dem sie seit Jahren korrespondiert hatte.»

«Ich habe die Briefe gefunden», sagte Bassano.

«Er war verheiratet.»

«Ja. Er besuchte sie damals in Rio. Und er brachte eine Neuigkeit mit. Er sagte, er sei geschieden. Und Juan war weg vom Bett.»

«Dieser Amerikaner; war er ein ehemaliger Geliebter von ihr?»

«Ja.»

«Es war eine ihrer Eigenarten zurückzukehren, nicht wahr?»

«Ja, sie kehrte zurück, immer wieder, sie frischte gelegentlich eine alte Liebe auf. Das war eine Art Kult. Ich denke, sie hatte immer eine Anzahl Männer, auf die sie zählen konnte. Reserven für den Notfall.»

«Wissen Sie mehr über diese Romanze mit dem Amerikaner?»

«Sie möchten wissen, wie sie endete?»

«Auch das, ja.»

«Wissen Sie, alle ihre Liebesgeschichten ähneln sich: sie sind intensiv und kurz.»

«Alle?»

«Alle. Nach der Episode mit Juan flog sie mit dem aufgefrischten Bettgenossen in die Staaten. Dort erfuhr sie, dass er die Scheidung erst vor sich hatte und nicht bereits hinter sich.»

«Kein schönes Erlebnis», meinte Bassano.

«Nein, sicher nicht. Sie lebte dort in seinem Haus, bis seine Frau, von der er getrennt war, sich für einen Wochenendbesuch anmeldete. Da musste Pat die Wohnung verlassen. Er verlangte es und brachte sie zu Freunden. Sie tröstete sich mit einem

Neunzehnjährigen. Die Liebe war im Eimer. Pat kehrte dann zwar ins Haus des Nochnichtgeschiedenen zurück, aber sie litt und wurde kühl. Er ging ins Bordell, sie schnappte sich einen, der um die Ecke kam. Es gab Versöhnungen, Krach, Streit und wieder Zärtlichkeiten. Sie fuhren noch zusammen nach Las Vegas, dann beschloss sie, ihn zu verlassen. In den letzten Stunden vor ihrer Abreise lagen sie im Freien nebeneinander. Es war eine warme Sommernacht, über ihnen die Sterne. Sie hat mir diese Nacht geschildert. ‹Es waren doch unsere letzten Stunden; aber er lag wie ein Stück Holz neben mir. Ich suchte seine Hand, aber er wich mir aus. Und dann rannte er weg — wieder ins Bordell. Ich heulte. Warum kann man sich nicht zärtlich trennen?› fragte sie.»

Bassano nickte. Seine sanften Lippen umspielten ein wunderschönes Lächeln. Die schweren Lider senkten sich noch um eine Spur tiefer über seine dunklen Augen. Und es war, als ob seine Gedanken ein paar feine Fältchen in die Nähe der Augen zeichneten. «Hat sie nicht recht? Warum kann man sich nicht zärtlich trennen?» fragte er.

Ich schwieg. Ich konnte einfach nichts sagen. Ich erinnerte mich an meine eigene Trennung von Pat. Warum kann man sich nicht zärtlich trennen? Warum wohl nicht!

Pat und ich

Bassano seufzte tief. «Sie ist dann in die Schweiz zurückgekehrt.»

«Ja.»

«Und sie haben sich sofort wieder in sie verliebt. Hatten Sie sie überhaupt vergessen?»

«Nein.»

«Sie waren noch immer beim Pressedienst.»

«Ja. Sie rief mich dort an. Sie war seit acht Tagen zurück. Ich sagte, sie solle mal vorbeikommen. Sie kam. Sie suchte Arbeit. Wir hatten Arbeit. Ich gab ihr ein paar Aufträge. Drei Tage später kam sie zum erstenmal zu mir nach Hause.»

In meinem Wohnzimmer steht ein altes Sofa, das mir meine Grossmutter vermacht hat. Ein Möbel, mit geschwungenen Füssen, mit Armlehnen wie Knospen und mit einem Polster aus tabakbraunem Plüsch, hell gemustert mit phantastischen Blättern. Ich habe meine Grossmutter geliebt, über alles in der Welt habe ich sie geliebt. Sie und dieses Sofa. «Hamp, mein Schatz, weisst du eigentlich was eine Frau empfindet in der Liebe. Ich meine — wie nennt ihr das heute?»

«Sex», sagte ich. Ich war 18, hatte die Matur vor mir und ein Abenteuer mit einer verheirateten Frau hinter mir.

«Sex, ein hässliches Wort», sagte sie. «Komm zu

mir!»

Ich setzte mich neben sie aufs Sofa. An der Wand zwischen uns hing in einem ovalen Rahmen die Fotografie meines Grossvaters. Ein Gesicht wie ein König so stolz. Sie legte ihre kleine Hand, die immer ein bisschen nach Knoblauch roch, auf meine Hand und sagte: «Geniesse das Leben, mein Schatz! Aber tu es nicht auf Kosten der Liebe. Eine Frau braucht das Erlebnis, wie ein Streichholz zu brennen, sicher. Aber nur dafür wird sie dich nicht lieben. Geniesse das Leben, Hamp, aber sei zärtlich und klug, zeig, dass es möglich ist, da zu sein, nicht nur für die Länge einer Zigarette. Länger. Immer. Versprichst du's mir?» Als sie 87 war, setzte sie sich an einem der ersten Frühlingstage des Jahres in eine Ecke des tabakbraunen Sofas. Im Garten blühten die ersten Zweige des lila Flieders vor dem schmalen Fenster ihres grau gewordenen Hauses. Dann muss sie die Augen geschlossen haben. So starb sie. Im Testament hatte sie mir das Sofa vermacht. Nie habe ich es geschafft, so zu lieben, wie sie sich's wünschte: zärtlich und klug, da zu sein . . .» Ich muss eine ganze Weile geschwiegen haben, bis Bassano fragte: «Und?»

«Pat setzte sich aufs Sofa», erzählte ich weiter. «Sie sass im Schneidersitz mitten in den hellen Blättern des schönen Möbelstücks und strahlte. ‹Bei dir gefällt's mir›, sagte sie. Wollen Sie mehr wissen?»

«Ihr Glück war kurz, nicht wahr?»

«Eher kurz, ja. Sie hatte während ihrer Abwesenheit ihre Wohnung an einen jungen Popsänger vermietet, mit dem sie die drei Räume jetzt teilte. Ich war nicht oft dort. Erstens mochte ich die Trophäensammlung nicht, die an der Wand hing. Ausserdem war ich sicher, sie schlief hier gelegentlich auch mit ihrem Untermieter, obwohl sie behauptete, da sei nichts Erotisches dabei an dieser Wohngemeinschaft. Sie konnte einen ganz schön in Sicherheit wiegen, denn erotisch war in diesen Wochen vermutlich tatsächlich nur die Beziehung zu mir. Dass sie diesen Popfritzen in der Wohnung behielt, störte mich. Aber ich war gern mit ihr zusammen, redete gern mit ihr, ass gern mit ihr, ging gern aus mit ihr, traf gern Freunde, und ich machte gern Liebe mit ihr. Ich bezahlte ihr ein paar Rechnungen, kaufte ihr einen Mantel, weil es Herbst geworden war. Und ich merkte, wie sic unruhig wurde. Sie arbeitete wenig und was sie ablieferte, war nicht besonders gut. Im Oktober sagte sie: ‹Ich muss nach Rio zurück.› Ich war nicht mal gross überrascht. Erstens hatte ich das Gefühl, dass sie ihren Orgasmus nur noch spielte. Zweitens war ich sicher, dass sie mich betrog. Drittens war ich sowieso zu alt für sie. Sie war 26, ich bald 40. Trotzdem war ich unglücklich über ihren Wunsch. Ich hatte mich an sie gewöhnt. Sie war wie eine Katze, schnurrte, wenn es ihr wohl war, machte Liebe, wenn ihr danach zumute war, sie war anhänglich und zeigte, dass sie Zärtlichkeit brauchte. Aber nie konnte ich einfach sagen: Komm! Lieb mich! Wenn ich es sagte, schaute sie mich mit strahlenden

Augen an. Das bedeutete: Nein.

Je kühler die Tage wurden, desto unruhiger wurde sie. Einmal sagte sie: ‹Ich brauche Sonne, um Liebe machen zu können.› Wir unterhielten uns ganze Abende, halbe Nächte lang über Rio Natal und ihren Wunsch, dorthin zurückzukehren. ‹Ich muss nochmals hin, ich bin noch nicht durch›, sagte sie. Ich weiss, dass sie Rio über alles liebte. Den entsetzlichen Verkehr, die grünen Hügel, die Hitze, die Sonne, das Meer, vor allem aber die Menschen. Es ist eine Stadt, wo das Leben in allen seinen Formen spontan geblieben ist. Rio hat nicht nur mehr Sonne, es gibt dort auch mehr Leben, mehr Spass, mehr Freude als in Zürich. Auch mehr Elend, sicher, aber trotzdem mehr Fröhlichkeit, die Bereitschaft dazu jedenfalls, auch wenn die Sorgen drücken. Was sollte ich tun? Ich sagte: ‹Wenn du musst, tu, was sein muss.› Sie sagte: ‹Ich habe meine Mutter überredet mitzukommen. Wir fliegen in zwei Wochen.› So war sie. Sie spielte die Unentschlossene, warb um eine Art von Bewilligung, obwohl sie sich längst entschieden hatte. Als ich einverstanden war, sagte sie: ‹Komm, trag mich ins Bett!› »

Bassano sah aus, als ob er Musik hören würde.

Ich erzählte weiter: «Ich werde nie vergessen, wie sie verreist ist.

Einen Tag vor der Abreise fragte sie mich, ob ich ihr 1000 Franken borgen könne. Das machte mich sauer, aber ich sagte ja. Ich hatte ihr vorgeschlagen, dass sie in Rio ein paar Reportagen für uns machen könne; sie war hell begeistert, war voller Ideen und nahm einen Katalog von Projekten mit auf die Reise. Ich brachte sie auf den Flughafen. Ihre Mutter wartete bereits in der Abflughalle, ungeduldig, reisefiebrig. Sie checkten ein. Pat gab mir einen Kuss, sagte: «Tschau, mein Schatz». Ich küsste ihre Mutter auf die Wange — und weg waren sie. Ich wartete, bis sie die Passkontrolle hinter sich hatten. Keine der beiden Frauen schaute zurück. So war das. Die Wochen vergingen. Ich erhielt eine Postkarte. Drauf stand eine Adresse und ein Satz: «Ich liebe dich!» Ich schrieb zwei Briefe, erhielt keine Antwort. Ich schrieb einen dritten Brief, bat sie, endlich eine der Reportagen zu schicken. Einen Monat später kam die Antwort; ein wirrer Brief, auf Clo-Papier geschrieben: Sie seien auf der Flucht. Redna Green. Keine Zeit für Reportagen. Eine Bitte: Zahlst du meine Steuern? Da hat's mir ausgehängt. Ich hatte dann kurze Abenteuer mit andern Frauen, wie früher. Es ging mir gut.»

«Aber vergessen haben Sie sie nicht. Das konnten Sie nie, nicht wahr?» fragte Bassano sanft.

Ich beantwortete ihm diese Frage nicht, sondern erzählte weiter.

Es war Frühling geworden. März. Ein Mittwoch, später Nachmittag und ein Anruf: Pat. Sie sagte: «Ich bin wieder da.» Sie sagte das etwa so, als ob sie für drei Tage nach Paris geflogen wäre und bereits nach zwei Tagen wieder zurück war. «Kann ich dich sehen?» fragte sie. Ich sagte:

«Okay. Treffen wir uns im Kaktus!» Das ist das gewöhnlichste Café, das ich kenne und ausserdem nur ein paar Schritte von meinem Büro entfernt. Sie sass schon dort, als ich kam, und strahlte. Sie küsste mich und ihr hübsches Gesicht, das braun war von der Sonne Rio Natals, lachte mich an, bis sie entsetzt bemerkte, dass ich ganz kalt blieb. Ich sagte: «Pat, es ist Schluss!» Da schaute sie mich ungläubig an. Ich fluchte: «Verdammt nochmal, denkst du eigentlich, ich warte hier fünf Monate, eine Postkarte, ein wirrer Brief und dann ein Anruf: Ich bin wieder da! Was erwartest du?» Sie weinte. «Ich musste mich um meine Mutter kümmern», sagte sie. «Und man wollte mich umbringen.» Aber ich wollte nichts wissen, gar nichts. Pat hatte einen Kaffee getrunken. Ich bezahlte die Rechnung. Sie sagte: «Aber ich liebe dich doch!» Ich stand auf. «Bringst du mich nicht nach Hause. Ich habe keinen Rappen mehr,» flehte sie. Ich hatte eine gottverdammte Wut im Bauch. Pat folgte mir und lief neben mir her, Tränen im sonnenverbrannten Gesicht. Erst jetzt bemerkte ich, dass sie einen Hund an der Leine führte. Am Strassenrand stand ein Taxi. Ich riss die Türe auf, packte Pat am Arm und drückte sie in den Wagen hinein. Ihr Hund sprang hinterher. Der Taxichauffeur wunderte sich. Ich sagte: «Diese Dame will nach Hause.» Sie schaute mich fassungslos an. Ungläubig lächelte sie, verständnislos. Ich gab dem Fahrer zehn Franken. «Fahren sie soweit das Geld reicht», sagte ich. Dann schlug ich die Autotüre zu und ging.

Hinter mir hörte ich den Motor anspringen, ganz leise nur, dann das Geräusch abfahrender Pneus. Der Wagen fuhr dicht an mir vorbei. Ich sah Pat kaum mehr. Und mir war wohl, verdammt wohl — ein paar Sekunden lang.»

Bassano schaute mich fassungslos an wie Pat zu mir heraufgeschaut hatte, als ich sie ins Taxi setzte. Nach einer Weile fragte er, ob ich wüsste, dass sie danach geschworen habe, sich nie wieder in einen Mann zu verlieben.

Ich sagte, nein.

Er fuhr fort: «Sie wollte sich das Leben nehmen, weinte tagelang, nahm vier Kilo ab.»

«Meine Schuld, meinen Sie?» fragte ich. Noch immer war er ganz auf ihrer Seite. Wieder starrte er auf ihr Bild, das vor ihm lag, so als wollte er dieses heitere, übermütig lachende Gesicht wieder zum Leben erwecken. Er war auf der Seite einer jungen Frau, in die er sich im Laufe der Untersuchung neu verliebt hatte, die er nur flüchtig gekannt, reden gehört, vielleicht lachen gesehen und vielleicht sogar geküsst hatte. Er hatte es leicht, sie zu lieben.

«Haben Sie eigentlich je erfahren, dass Pat Sie in Rio und in Redna Green an der Seite ihrer Mutter, ich möchte sagen, schamlos betrogen hat?» fragte er.

Jetzt hatte er mich wirklich überrumpelt. Ich schloss die Augen. Die Art, in der er das gesagt hatte, war gefährlich. Ich war nah daran, meine Fassung zu verlieren.

«Wann?» fragte er.

Ich spürte, dass ich im nächsten Augenblick die Nerven verlieren und gestehen würde, was ich nicht preisgeben wollte.

«Sie erfuhren es in der Nacht, bevor Patricia Berger ermordet wurde», sagte Bassano.

Ich begann ihn zu hassen, diesen dicken, verliebten, gutinformierten Spürhund im gewittergrauen Anzug. Er schaute mich nicht an; er sah wieder weg, blickte durchs Fenster in den Hof hinaus. «War es nicht so?» fragte er.

«Wenn Sie es wissen, warum fragen Sie mich», antwortete ich wieder einmal. Diesmal so leise, dass er annehmen konnte, mich getroffen zu haben.

«Sie haben recht», sagte er. «Warum frage ich Sie immer wieder, was ich schon weiss!» Noch immer hatte er mich nicht wieder angeschaut. «Georg, bitte geben Sie mir die roten Protokolle», sagte er.

Die Kollegen.
Schim, Pat und Lenz.

Bassano hatte das Prozedere meiner Befragung offensichtlich im voraus festgelegt. Jedenfalls hatte Georg das rote Aktenbündel bereits in der Hand gehabt, als sein Chef darum bat.

«Wir haben ja auch Ihre Kollegen befragt. Ich habe diese Aussagen so geordnet, dass sie verständlich sind, dass wir eine Übersicht erhalten und Sie endlich merken, worauf ich hinaus will», sagte Bassano. Er tat so, als ob ich dies noch nicht gemerkt hätte.

Er hatte mich fest im Griff. Er schaute mich jetzt auch wieder an, freundlich, bemüht, mich bei Laune zu halten. Und er liess sich Zeit. «Sie haben Pat unglücklich gemacht, da waren wir stehen geblieben», fuhr er fort. «Verschiedene Aussagen deuten daraufhin, dass sie danach intime Beziehungen zu einer Dame knüpfte, der sie zufällig begegnet war. Diese Dame, verheiratet, reich, verweigerte die Aussage zwar von einem bestimmten Punkt an, aber sie bestätigte, dass Pat Mühe hatte, den brüsken Abschied von Ihnen zu verkraften. Sie bestätigte auch, dass Patricia schwor, sich nie mehr in einen Mann zu verlieben, die ihr alle, alle nur Unglück brächten.»

«Sie hat mit allen ihr Spiel getrieben, glauben Sie mir!» sagte ich. «Sie hat ein paar von uns ganz schön ausgenützt und als Gebrauchsgegenstand betrachtet. Nicht nur fürs Bett.» Ich war verbittert. Ja, das war ich und ich versuchte nicht mehr, es zu verbergen.

«Ich verstehe Ihre Gefühle», sagte Bassano. «Die tausend Franken schmerzen Sie, heute noch.»

Dick war er, verliebt und jetzt kam er mir auch noch mit der Ironie des Aussenstehenden. «Warum behandeln Sie mich so dreckig? Sie hat mich, sie hat Lenz, sie hat uns beide ausgenutzt und betrogen.»

«Und geliebt!» Bassano atmete tief. Dann nickte er. «Ich entschuldige mich.» Er öffnete das rote Aktenbündel mit den Aussagen meiner Kollegen.

Er hatte sich entschuldigt. «Meinen Sie das ernst?» fragte ich ihn.

«Ja», antwortete er ohne aufzublicken und ging zum nächsten, langen, verzweigten Angriff über. «Was dann geschah, konnte nur geschehen, weil Patricia bald einmal ihren Kollegen Ueli Schim von der ‹Schönen Welt› traf», sagte er.

Schim! So wie eine Saite zu Klingen anfängt, wenn sie ins Schwingen kommt, hatte Ueli Schim jedem erzählt, was Lenz und Pat ihm zu verdanken hätten: ihr Glück nämlich. Erst als er gemerkt hatte, dass Lenz zu leiden begann, hörte er auf damit.

Schim hatte Pat am See getroffen. Sie hatte ihren Hund bei sich, den sie aus Rio Natal mitgebracht hatte; eine Strandmischung, so schön wie vieles an den Stränden Rios: ein braunes, goldig meliertes Viech, unfolgsam, unerzogen. Eine Hündin, die zärtlich an Pat hing und ‹Sonhei› hiess.

Bassano hatte bereits angefangen vorzulesen, was Ueli Schim zu Protokoll gegeben hatte: «... Sie beklagte sich über das Wetter und der Zeuge erklärte ihr, das sei der Föhn, den die wenigsten vertragen, vor allem wenn man so lange weg gewesen sei. Er habe dann gemerkt, dass sie Dings suche...» Bassano stutzte. «Georg, ist das ein Protokoll?» fragte er. «Dings! Das sehe ich erst jetzt.»

«Er hat es so gesagt», wehrte sich Georg. Dings! Ich sah den ganzen Ueli Schim vor mir.

Der Spaziergang am See. Sie beklagte sich über das Wetter, über den Föhn. «Du warst zu lange weg», sagte er. Ich kannte die Geschichte dieser Begegnung, von beiden Seiten. Schim erzählte sie mir, als er mich noch mochte. Und Pat erwähnte einmal, wie reizend Schim sich benommen hatte. «Er war so süss, aber ich bin sicher, er merkte vor lauter Verliebtsein gar nicht, dass er sich verliebt hatte», lachte sie.

Es war April. Ein alter Mann stand am Eisengeländer über dem dunkel aufgewühlten Wasser und warf Brotstücke in die Luft. Die Möwen flogen in Kreisen zu ihm hin, immer wieder, und äugten auf seine Handbewegungen. Sie richteten sich auf im Gegenwind, wenn sie zu früh waren, und wenn er sie mit sich fortblies, drehten sie hastig einen neuen Kreis, um im Segeln, Flattern oder Sturz nach dem nächsten Stück Futter zu schnappen.

Nach einer Weile, als dem Mann das Brot ausgegangen war, kreisten sie noch ein-zweimal an ihm vorbei, aber sie schrien und kreischten nicht mehr. Dann legten sie sich in den Wind und liessen sich vom Föhn gegen die Stadt hin tragen.

«Weg sind sie», sagte Pat.

«Ja, der Mann hat jeden Dings verloren ohne Brot.» Immer wieder fehlte Schim im täglichen Umgang mit der Sprache ein Wort. Sogar Mama Hotz, der weiss Gott imposantesten Figur auf der Radaktion der ‹Schönen Welt›, konnte es passieren, dass sie von Schim als «die Dings» bezeichnet wurde. Wer ihm zuhörte, musste oft raten. Deshalb hörten ihm viele gar nicht mehr zu. Nur Lenz, das muss ich sagen, hatte eine Schwäche für diesen empfindsamen, sonderbaren Sohn einer alten Frau, die seit Jahren kränkelte und für die von Schim liebevoll gesorgt wurde.

«Hast du kein Brot in der Tasche?» fragte Pat.

«Brot?»

«Entschuldige, Ueli», lachte sie. «Aber du siehst einfach so aus, als müsstest du Brot im Hosensack haben. Böse?»

«Nein», schmunzelte er. «Es hat ein Restaurant da vorn. Dort könnten wir Brot kaufen.»

Sie gingen weiter. Fussgänger kamen ihnen entgegen, gingen vorüber, ein Chow-Chow tauchte auf, überholte sie mit heraushängender Zunge.

«Er sieht aus — », nein, dachte er, das durfte er nicht sagen!

«Wie ein Chow-Chow», meinte sie.

Er war froh, dass sie ihm die Fortsetzung abgenommen hatte. Als ob er von einem Weibchen käme, hatte er sagen wollen. «Er sieht so glücklich aus mit seiner heraushängenden Zunge, stimmt's?» fragte er.

«Glücklich erschöpft», meinte sie.

«Ja», lachte er.

Sie gingen weiter.

«Gefällt's dir, wieder da zu sein?» fragte er.

«Ach, weisst du ...» sagte sie.

«Ist was mit Hamp?»

«Ja, nichts mehr», sagte sie.

Schim sagte lange nichts. «Du warst lange weg. Wieder in Rio? Ist das der Grund?» wollte er wissen.

«Ueli, ich hab ja dich», sagte sie. «Und der See gefällt mir. Gestern glitzerte er, heute nachmittag, als ich vorbeifuhr, war er grün. Und jetzt ist er fast schwarz.»

Vor dem Restaurant bat er sie, ihn für einen Augenblick zu entschuldigen. Er ging hinein und trat schnurstracks auf die Telefonkabine zu. Sie war besetzt. Er ging ans Buffet und fragte einen kleinen Kellner, der vorbeikam, ob er zwei Dings habe. «Semmeln», präzisierte er.

«Niente», sagte der Kellner. Er schob ein blechernes Tablett auf die Fingerspitzen und rannte damit zu den Tischen, die fast alle rund und leer waren. Als er wieder zurückkam, meinte Schim, es könnten auch alte sein.

«Keini Semmeli, nur frischi hier, aber keini mehr», sagte der Kellner. Er zog die Schultern hoch und machte ein bedauerndes Gesicht.

Schim bat dann um zwei Stück Brot. Er ging zurück zur Telefonkabine. Sie war jetzt frei und stand offen. Er trat hinein, machte Licht, hob den Hörer ab, drückte ein Zwanzigrappenstück in einen falschen Schlitz, fand dann den richtigen, mittleren, und stellte die Nummer ein. Während er auf die Verbindung wartete, zog er die Türe hinter sich zu.

Vor drei Wochen war sie aus Rio zurückgekehrt. Ja, sie hatte sich geschworen, nie mehr einen Mann zu lieben. Was für ein Unsinn! Sie war unglücklich gewesen, das war alles. Sie hatte Pillen geschluckt, sich daran erinnert, dass Frauen zärtlicher waren. Aber die Männer, spürte sie jetzt, tauchten wieder auf.

Schim war ein netter Kerl. Sein Mund war ein bisschen zu gross und seine Augen auch. Seine Hosen sassen schlecht und waren nicht gebügelt.

Schim kam zurück. «Entschuldigung», sagte er. «Ich musste noch meine Dings anrufen.»

«Du bist verheiratet?» fragte sie.

«Ja», sagte er. «Mit meiner Mutter.» Er lachte gewaltig, und es tönte wie ein Hustenanfall.

«Uff!» machte sie.

Er wunderte sich, was sie damit meinte.

Aber sie fragte schnell: «Und was hat deine Mutter gesagt?»

«Sie habe die Bratwurst schon in der Pfanne.»

«Das ist aber nicht recht», meinte sie.

«Macht nichts. Ich kenne diese Würste in- und auswendig. Weiter vorne am See isst man gut und unter Bäumen. Wenn du Lust hast, lad ich dich dazu ein, weil du wieder da bist. Bleibst du hier?»

«Ach, ich weiss noch nicht. Vielleicht.»

Sie gingen weiter und fütterten unterwegs die Möwen mit dem Brot, das Schim gekauft hatte und bestellten dann unter dem Strohdach der Fischerstube zweimal Forelle blau und eine Flasche Fendant.

Der Wein kam zuerst, und Schim behauptete, er habe einen Dingsgoût. Der Kellner roch am Zapfen und schüttelte den Kopf. «Doch, doch!» rief Schim. Der Kellner kreiste den Korken nochmals prüfend um die Nase. «Ich merke nichts», sagte er.

Schim sagte kurz: «Dann haben Sie eben den Schnupfen. Probieren Sie mal.»

Nun zögerte der Kellner und wurde rot im Gesicht. «Ich habe keinen Schnupfen», sagte er.

«Ich kann es Ihnen beweisen», behauptete Schim. «Es ist ganz einfach: Kellner sind immer sofort verschnupft, wenn man reklamiert. Sie sind ein Kellner. Und ich habe reklamiert. Also haben Sie den Schnupfen.»

Der Kellner schaute hilfesuchend zur Begleiterin des spitzfindigen Gastes. Pat lachte. «Machen Sie sich nichts draus. Das ist sein Beruf, mit Aufgeschnapptem zu jonglieren. Der Herr ist Journalist.»

Der Kellner lächelte nun ebenfalls und Schim gab sich schmunzelnd geschlagen.

Als sie gegessen hatten und die Flasche leer war, brach die Sonne durch einen Wolkenrand und wurde gross und rot.

«Es ist schön hier», sagte sie. «Mein Kopfweh ist wie weggeblasen. Es wird Frühling.»

«Hast du Lust, was anzusehen?»

«Warum nicht?»

«Herr Ober, die Dings — zahlen!» rief Schim.

Der Kellner brachte die Addition und Schim rechnete nach. Das tat er immer. Manchmal mit Erfolg. Diese Rechnung war aber tadellos, und er bezahlte sie.

Sie fuhren dann in einem Taxi in die Stadt zurück und änderten die Pläne. Pat hatte keine Lust mehr, einen Film anzusehen. «Gehen wir in die Mala», schlug sie vor. Diese Bar war ganz in der Nähe der Redaktion der ‹Schönen Welt›. Pat hatte sich hier noch nicht wieder gezeigt, seit sie zurück war. Sehnsucht? Ja, es war Sehnsucht. Zusammen mit Schim — warum nicht! Allein hätte sie jene Gegend noch gemieden.

«Du bist wirklich nicht verheiratet?» fragte sie.

«Weisst du das nicht?» wunderte er sich.

«Du warst nie zu sehen abends. Ich dachte, du bist in festen Händen.»

«Hättest du was dagegen?» fragte er schmunzelnd.

«Ich bin grundsätzlich dagegen», blödelte sie.

«Warum?»

Der Kellner stellte zwei Gläser Weisswein vor sie hin und schob den Kassabon unter den Aschenbecher.

«Ehemänner sind umständlich», blödelte sie

weiter. «Sie laufen immer gleich davon. Sie sind ja verheiratet, schliesslich und endlich. Und wenn sie nicht davonlaufen, sind sie reizlos.»

Das könnte man genauer ausdrücken, fand er. Er überlegte, dann hob er den Zeigefinger. «Man muss davon ausgehen, dass zuerst einmal die Dings davonläuft.»

«Welche Dings? Prost!»

«Die zum Ehemann gehört . . Prost!»

«Das verstehe ich nicht», sagte sie.

«Doch, doch! Die Treue, meine ich. Nehmen wir an, sie läuft davon. Das ist sogar sehr interessant. Damit kann man was anfangen.»

«Was kann man damit anfangen, mit der Treue?» fragte sie.

«Einen Augenblick. Wir sagen: wenn ein Ehemann und eine ixbeliebige, sagen wir, verführerische Frau zu nah beieinander sind, dann läuft die Treue weg. Danach bestehen zwei Möglichkeiten: entweder zieht sie den Dings mit oder sie haut allein ab und überlässt ihn der Frau und der Untreue.»

«Kann man das nicht einfacher sagen?» Sie griff in ihre Tasche und klaubte eine Zigarette aus der Packung. «Hast du Feuer?» fragte sie.

Der Kellner riss im Vorbeigehen ein Streichholz an und gab ihr Feuer. Sonhei hatte sich unter den Tisch gelegt und schnappte nach den Schuhen des Kellners, der furchtbar erschrak und sich die Finger am Streichholz verbrannte. Pat entschuldigte sich. «Sonhei!» schimpfte sie. «Sie mag Schuhe nicht. Sie ist an einem Strand aufgewachsen.»

«Wo denn?» fragte der Kellner.

«In Rio Natal», strahlte Pat.

«Du hast den aus Rio mitgebracht?» Er versuchte, dem hübschen, braunen Hundemädchen übers Gesicht zu fahren, aber er getraute sich nicht mehr so richtig. «Hübsch ist er!» sagte er stattdessen.

«Sie», korrigierte Pat.

«Weiber», machte der Kellner. «Hübsch, aber... Ja, du weisst schon. Warst du weg?»

«Ja.»

«Wie lange?»

«Ach, nur fünf Monate.»

Schim schwatzte weiter. Immer wenn sie die Zigarette von den Lippen nahm, tänzelten kleine Schwaden an ihrem Gesicht und an ihren Augen vorbei, die ihren Glanz verloren hatten. Das Kopfweh war wieder da. Schim war ein netter Kerl. Aber er merkte auch gar nichts.

Sie nahm einen Schluck Weisswein. «Auf die Treue!» sagte sie. Schim hob sein Glas und schmunzelte gehörig.

«Weisst du was?» fragte er plötzlich. «Treffen wir uns morgen wieder hier? Wir trinken eins und dann schlepp ich dich auf die Redaktion. Abgemacht?»

Sie war erstaunt. Er hatte es doch gemerkt. «Machst du das? Machst du das wirklich?» fragte sie.

«Klar!»

«Was hast du?» fragte die Mutter, als Schim zu

Hause war.

«Nichts», sagte er. Er zog seine Schuhe aus und schmiss sie in eine Ecke.

«Du hast etwas», behauptete die Mutter. «Ich spüre es. Was hast du?»

Er wusste es noch nicht. Irgend etwas bedrückte ihn, bahnte sich einen Weg aus seinem Innersten heraus. «Herrgott», sagte er. «Bin ich ein Idiot!» Er zog seine Schuhe wieder an, fuhr im Tram in die Stadt zurück und rannte zur Bar. Einen Augenblick blieb er vor der Türe stehen, dann trat er ein. Pat sass jetzt neben einem gutaussehenden Mann. Schim sah Pat zwar nur flüchtig, schräg von der Seite. Aber er vergass ihr Gesicht, das sie diesem Fremden zuwendete, nie mehr. Es war verführerisch und erschien ihm schöner als alles, was er je gesehen hatte.

Da verliess er die Bar wieder und kehrte nach Hause zurück.

Schim hatte Bassano offensichtlich nicht alles zu Protokoll gegeben, vor allem nicht, dass ihm diese kurze Begegnung mit Pat nie mehr aus dem Sinn gegangen war.

Am andern Tag hatte er Pat auf die Radaktion gebracht.

Bassano blickte mich vergnügt an und sagte: «Und dann geschah es.»

Ich nickte.

«Sie traf Lenz wieder.»

«Ja.»

«Und sie nahm dem Mann, der sich nicht für sie

eingesetzt hatte, sie nahm es ihm nicht übel, nicht mehr.»

«Sie suchte Arbeit», erklärte ich.

«Sie fand mehr als das.»

«Sie hatte auch mehr gesucht.»

«Wollen Sie hören, was Lenz mir erzählt hat?»

«Nein, ich kenne die Geschichte.»

«Gut. Dann werde ich Ihnen einige andere Einvernahmen vorlesen», sagte Bassano. Seine Strategie wurde mir klar. Er hatte gemerkt oder erfahren, dass ich Pat nie vergessen hatte, dass sie mir nie gleichgültig und dass ihre Verbindung mit Lenz für mich unerträglich gewesen war.

Madame Baur, unsere Moderedaktorin, hatte zu Protokoll gegeben: «Sie war ein Goldschatz. Man hatte ihr sicher Unrecht getan damals mit dem Vorwurf, sie schlafe mit jedem, den sie interviewe und der ihr gefalle. Sie war jung, übermütig. Ich kenne keinen Mann auf der Redaktion, der nicht ganz gern mit ihr geschlafen hätte. Ihre Interviews waren tatsächlich rücksichtsvoll, das stimmt. Aber sie hat auch die weibliche Prominenz, die sie kennenlernte, fair behandelt. Dass Lenz sich in sie verliebte, war ein Unglück für beide. Sie waren zu verschieden. Er war für sie der grosse Bruder, den sie immer brauchte, um durchzukommen. Sie hat mir viel anvertraut. Sie hatte Probleme, machte sich Gedanken, stellte Fragen. ‹Warum kann ich nicht treu sein?› fragte sie. ‹Was ist Treue? Ich brauche einen Mann, den ich liebe und zu dem ich zurückkehren kann. Ist das nicht auch eine Art von

Treue? Ich tu ja nichts Böses!› Sie war ein egoistisches Biest, sicher, aber eine liebevolle Kollegin und vermutlich eine wunderbare Geliebte. Vielleicht liebte sie so, wie geliebt werden muss, wenn man Wünsche, auch die plötzlichen, ebenso ernst nimmt wie die Liebe. Was ist Liebe, die Treue erwartet? Eine Anmassung? Und was ist ein Geliebter, der eine Frau ein bisschen Glück spendet? Ein Scheidungsgrund? Was ist sexuelles Vergnügen? Eine Exklusivität für zwei, die zusammenleben, verheiratet sind? Was ist besser: Wünsche auszuleben oder sie mit einem Verbot zu belegen? Ich weiss nur, und das aus eigener Erfahrung, dass Wünsche Lebenszeichen sind und dass das Leben nicht ganz so einfach ist in den meisten Fällen, nicht so einfach jedenfalls, als dass man sagen könnte, Liebe ohne Treue sei keine Liebe mehr.»

«Einverstanden?» fragte Bassano.

Ich antwortete ihm nicht. Ich hätte gerne ja gesagt, aber ich konnte es nicht. Ich brachte dieses Ja nicht heraus. Es blieb stecken in einem Engpass von Trotz und Bitterkeit.

«Leben Sie nicht genauso wie Pat lebte?» fragte er.

Ich schaute ihn nur verwundert an. Natürlich. Sie war ein egoistisches Biest. War ich etwas anderes? Sie war eine wunderbare Geliebte. Aber ich? War ich ein Geliebter, von dem man sagen konnte, er sei wunderbar?

«Sie hatte kein Kind», sagte Bassano. «Hätte ein Kind ihr Leben verändert?»

«Wohl kaum», sagte ich.

«Was diese Kollegin von Ihnen aussagte, hat mich an eine alte Weisheit erinnert. Die Natur hat die Frau geschaffen, dass sie Kinder habe. Und sie hat den Geliebten geschaffen, dass er der Frau sexuelle Wonnen spende. Eine paradiesische Weisheit, zugegeben; aber vermutlich nehmen wir uns Männer in diesem Punkt tatsächlich zu ernst.»

«Ihren Humor möchte ich haben», antwortete ich.

«Walter Strassers Aussage wird Sie beruhigen», meinte Bassano. Er spürte, was ich empfand. Er war an meinen Auskünften wenig interessiert, benutzte das Gespräch nur, um in mich hineinzusehen; suchte Bestätigung für sein Gefühl, dass ich Pats Mörder sein müsse.

Warten wir's ab, dachte ich. Warten wir's ab!

Die Aussage von Strasser war sehr kurz: «Sie war ein Luder. Als Kollegin war sie erträglich; aber ich möchte nicht der Mann sein, der sich in eine Frau wie Pat verliebt.»

«Sie sind gewarnt», sagte ich zu Bassano.

Er schaute mich nicht einmal an.

«Es gibt auch andere Meinungen», murmelte er. «Ueli Schim zum Beispiel muss ein grosser, wenn auch enttäuschter Verehrer Patricias gewesen sein. Die Tränen standen ihm in den Augen, als ich ihn über Pat befragte, wie sie gewesen sei, was er von ihr gehalten habe. Er sagte nur immer wieder: «Sie war so schön; aber sie brachte Unglück, uns allen brachte sie nur Unglück. Wir haben Lenz geliebt.»

Die Aussage von Karl Homs, unserem Fotografen, überraschte mich. «Sie musste vielleicht so sterben», hatte er gesagt. Bassano fragte mich: «Ist das auch Ihre Meinung?»

Ich sagte wieder nichts.

«Warum lächeln Sie?» fragte er. «Es ist auch Ihre Meinung, nicht wahr?»

«Meinung?» fragte ich. «Es gibt anderes als Meinungen.»

Bassano suchte einen Mörder und verdächtigte mich immer mehr, weil ich unfähig war zu verbergen, dass ich der kleinen Pat verfallen gewesen war. Anders als Lenz, das war mir klar. Ich hatte sie geliebt, hatte sie gekränkt und verlassen. Aber immer war ich zu ihr zurückgekehrt, wenn sie mir ein Zeichen gegeben hatte, dass sie dies wollte.

Ich spürte, dass ich Bassanos Taktik nicht mehr lange standhalten würde und suchte nach einer Möglichkeit, mich seinen Fallen zu entziehen. «Sie können mir weiterhin Fragen stellen», sagte ich. «Aber ich kann Ihnen auch erzählen, ungefragt erzählen, was ich weiss. Vieles weiss ich sehr genau, weil ich selbst davon betroffen oder mit dabei war; anderes wurde mir erzählt, habe ich nur gehört. Okay?» fragte ich.

Bassano war sofort einverstanden. Hatte er damit gerechnet? Ich überlegte nicht weiter. Ich brauchte die Atempause.

«Nur um eins möchte ich Sie bitten», sagte er. «Erzählen Sie mir auch, warum Lenz seinen Job aufgab und warum Sie sein Nachfolger wurden.

Ja? Das möchte ich auch von Ihnen noch hören.»

Ich nickte.

«Dann schiessen Sie los! Waren Sie erstaunt, dass Lenz Pat wieder angestellt hatte?»

«Ja. Ich fragte ihn, ob er sich verliebt habe. Einfach aus der Laune der Überraschung heraus. Er sagte ebenso überrascht, er hoffe es nicht.

«Er hoffte vergeblich», unterbrach mich Bassano bereits wieder. «Oh, das hat er mir alles erzählt. Ich werde es nie vergessen. Er liebte sie wirklich. ‹Unnötig zu sagen, dass sie schön war. Helle Augen, ungeschminkte Lippen. Kein überflüssiges Lächeln, keine Farbe zuviel›, so beschrieb er sie. Da gab es nur eine Frage: weshalb hatte er sich nicht schon früher in sie verliebt.»

«Er war noch verheiratet», sagte ich. Bassano hatte mich bereits wieder am Zügel.

«Richtig. Jetzt war er frei, und es war Frühling. Billig? Eine billige Erklärung? Ich habe auf diesem alten, abgenützten Sessel hier nie einem Mann gegenübergesessen, der mir etwas Vergleichbares erzählt hätte wie Lenz. Liebe ist einfach und gewaltig. Er erzählte mir, wie sie durch die Stadt schlenderten, Treppen hinaufrannten wie Kinder und unter einem mächtigen Lindenbaum verschnauften. Es war als ob eine Göttin zu Besuch gewesen wäre, sagte er. Seit Tagen stand die Sonne am wolkenlosen Himmel. Die Nächte waren mild wie sonst erst im Mai. Die Regeln der Erfahrung galten nicht mehr. Alles blühte gleichzeitig: die Kirschbäume, die Krokus noch, die Apfelbäume, Ziersträucher, die ersten Rosen. Ich erinnere mich selbst an diese Sensation», sagte Bassano. «Sogar die Kastanienbäume da draussen rührten sich um Wochen zu früh im Frühjahr vor zwei Jahren.»

Lenz hatte das Glück, in diesen Tagen Pat an der Hand zu halten.

«Die Welt ist verrückt», sagte sie.

«Ja.»

«Verstehst du das?» Sie muss in diesem Augenblick gelächelt haben, als ob sie selbst aufbräche wie die Natur. Lenz jedenfalls verliebte sich unwiderruflich, schicksalshaft in dieses wunderschöne Gesicht.

«Es ist alles ganz unwirklich», sagte er. «Wie eine Fata Morgana.» Lenz wusste noch genau, was sie darauf geantwortet hatte. «Sie flehte mich an», erzählte er Bassano, «nein, das nicht, sag das nicht! Wir stehen doch mitten drin. Es ist wahr. Sag nie, dass es unwirklich ist.»

Lenz hatte dem Untersuchungsrichter eine Frau geschildert, die in einem kurzen Chemiserock aus leichtem kieselgrauem Stoff mit übergeschlagenen Beinen, braun von Rios Sonne, an einem roten kleinen Tisch mitten in einer Reihe abendlicher Geniesser sass und ein Glas Wein trank. So hatte er sie am zweiten Abend ihrer Liebe getroffen.

«Wie geht's?» fragte er.

«Ich bin beim Coiffeur gewesen, ich habe Läden angeschaut, ich bin in zwei Beizen, in einem Kino gewesen und habe einen halben Film gesehen. Ich bin mit Sonhei im Wald spazieren gewesen. Es geht mir gut, ich konnte nicht arbeiten».

«Es ist schwer, anerkennen zu müssen, dass sie tot ist», sagte Bassano.

An diesem Abend fuhr Lenz mit Pat um den See. Sonhei schlief auf dem hintern Sitz.

«Fahren wir nach Rom», sagte sie plötzlich.

«Jetzt?»

«Jetzt.»

«Ich kann nicht.»

«Warum?»

Er fuhr langsamer.

«Warum nicht?»

«Die Arbeit», sagte er.

«Warum?»

Der Wagen rollte aus. Sie küssten sich, ganz selbstverständlich, im Einklang mit den leisen Wellen und dem kaum spürbaren Wind. Die Lichter der entfernten Stadt spiegelten sich im See.

«Liebe ich dich? Ich liebe dich», sagte sie erstaunt und lehnte ihren Kopf an seine Schulter. Eine kleine Wolke zog am halben Mond vorbei. Sie fuhren weiter, weit herum, rund um den See, vorbei an Hotels, durch Dörfer, Wälder und Wiesen im halben Mondlicht.

Liebe.

«Kommst du zu mir?» fragte er.

«Bitte. Warten wir noch», sagte sie. «Bitte.» Ihre Augen waren hell. Sie schmiegte sich an ihn.

Wie ein aufkommender Wind, der in ein Segel greift, war ihre Liebe.

«Ich werde nie vergessen, wie Lenz die ersten

Tage dieser Liebe beschrieb», sagte Bassano. «Hat er Ihnen nie davon erzählt?»

«Nein. Warum auch! Er sagte mir nur, er habe sich tatsächlich verliebt und fragte, ob man ihm das ansähe. Ich sagte: ‹Zweifelst du?› Er lachte und antwortete, nein.»

«Waren Sie eifersüchtig?» fragte Bassano.

«Es war nicht ganz einfach. Wir vereinbarten nichts; aber wir wussten beide, dass wir uns in Zukunft privat eher meiden sollten.»

Wir sahen uns denn auch kaum mehr, ausser wenn wir beruflich miteinander zu tun hatten. Nach etwa einem halben Jahr wurde ich ins Büro unseres Generaldirektors gerufen, den wir alle nur GD nennen.

Lenz

Im Flur des Verlagshauses, wo wegen der gepflegten Linoleumböden nicht geraucht wird und wo kaum ein Gespräch stattfindet, traf ich auf dem Weg zu GDs Büro Herrn Hercog, unsern Verleger. Er trat eben aus dem Lift, als ich vorbeiging. Erst dachte ich, er wolle mir ausweichen. Er wollte es wohl auch, aber er konnte nicht mehr. So begrüsste er mich und meinte: «Sie haben ja heute eine wichtige Sitzung, ich weiss.»

«Ja?» machte ich; aber er war bereits weitergegangen.

In GDs Büro erwartete mich die ganze Mannschaft, auch Vizedirektor Carl. Zehn Jahre Verlagsarbeit hatten den kleinen, zähen Mann gezeichnet. Er wirkte verbraucht und hatte sich angewöhnt, gelegentlich zu schnupfen.

«Was immer er auch tut, er geht kein Risiko ein. Eigene Meinungen hat er keine», hatte Lenz einmal gesagt. Zu recht? Ich glaube nicht. Die Stärke des Herrn Carl war die Vertrautheit mit den ungeschriebenen Gesetzen des Hercog Verlages. Was Lenz als Rückversicherung bezeichnete und seinem Vizedirektor als Meinungshaft ankreidete, war in Wahrheit der Versuch, dem Verlag zu dienen. Carl war nicht unfrei. Er war anpassungsfähig und treu.

Es warteten Harry Sommer, unser Werbechef,

und Max Puter, unser Marketingmann, ein vierschrötiger, vorlauter Akademiker. Lenz bezeichnete ihn als «Arschloch der Welt».

GD sass als einziger der vier anwesenden Herren bereits am Konferenztisch, GD, wie wir ihn alle kannten: die Ellbogen auf dem Tisch, acht Finger an der Stirne, die beiden Daumen an die Wangen gepresst. Vor ihm lag, wie sich später herausstellen sollte, das Konzept für eine neue ‹Schöne Welt› .

GD begrüsste mich. «Nehmen Sie Platz, meine Herren, setzen Sie sich!» Er seufzte hörbar und schob das Konzept zur Seite. Wir setzten uns alle. Die Sitzung begann. Was war los? Ich war gespannt. Die drei Vizedirektoren hatten mich sehr interessiert begrüsst.

Dann erfuhr ich, dass Puter eine Untersuchung der ‹Schönen Welt› durchgeführt hatte.

«Das ist vertraulich», befahl mir GD. «Die andern erfahren erst später davon.»

«Auch Lenz?» fragte ich erstaunt.

Auch Lenz», war die Antwort.

Die Auswertung der Untersuchung hatte ergeben, dass die Stammleser der ‹Schönen Welt› sich stark für Informationen interessierten, die praktische Dinge betrafen und nützlich waren. Ausserdem hatte man festgestellt, dass vor allem die älteren Leser unzufrieden waren mit dem Blatt, wie Lenz es machte.

«Es ist nicht Aufgabe einer Illustrierten Zeitschrift, Probleme zu schaffen, wie Lenz das tut. Im Gegenteil. Die Leser erwarten, darin Ratschläge zu finden, wie Probleme zu lösen sind, fasste Max Puter das Untersuchungsergebnis zusammen.

«Zum Beispiel?» fragte ich.

«Lebenshilfe ist das Stichwort, Tips für die Bewältigung persönlicher Probleme».

«Eine Serie berühmter Giftmorde, vielleicht?»

Puter sah mich irritiert an.

«Für ehemüde Eheleute», grinste GD. Wir verstanden uns.

«Jetzt lachten alle. Puter kratzte sich verlegen am Hals.

«Falls Sie meine Meinung interessiert: ich halte nicht viel von solchen Umfragen», sagte ich.

GD schloss die Augen. Vize Carl beobachtete ihn aufmerksam, gespannt. GD öffnete die Augen wieder. Sie blickten hart und hatten die Farbe von Stahl. «Herr Baum, ich habe Sie hergebeten, weil wir Sie brauchen.» Dann sagte er: «Ich wüsste schon, wie ich dieses Blatt, das keinem mehr so richtig gelingt, machen würde. Aber Ihr lasst euch ja nichts sagen. Ich mag euch ja, euch Journalisten. Ich habe gelernt, euch zu ertragen, weil wir euch brauchen. Aber wir brauchen auch die Inserenten, die Herr Lenz immer wieder verärgert oder erschreckt. Wenn ich dieses Blatt machen müsste, ich wüsste sofort wie. Die Inserenten würden hüpfen vor Freude, und die Leser wären zufrieden. Vielleicht wüssten Sie nicht warum, aber sie würden mein Blatt kaufen, das garantiere ich Ihnen. Sie wären süchtig, weil ich ihnen die Möglichkeit gäbe, von jenem Glück zu träumen, das sich jeder insgeheim wünscht. Wir sind doch alle insgesamt Egoisten. Habe ich nicht recht, Herr Sommer? Wir sind unverbesserliche Egoisten, im Bett und im Büro. Alle träumen wir davon, dass unsere Wünsche sich erfüllen werden. Ich würde eine Illustrierte machen, die dem guten kleinen Egoisten Ersatz bietet für all die Enttäuschungen, die er einstecken muss. Gebt ihm einen Ersatz für all das, was er selber nicht erreichen konnte, einen Ersatz für verpasste Chancen, für verpasstes Glück. Bringt Geschichten, von all den Egoisten, die das Abenteuer, heute zu leben, grandios bestehen! Interviewt die Erfolgreichen! Zeigt schöne Frauen, attraktive Männer! Haltet die Träume in Trab! Gebt dem Leser die Chance, das Leben zu bewundern! Verschont ihn mit Politquatsch und Skandalen und haut ihm keins auf den Hut, nur weil er Wünsche hat. Vor allem zeigt ihm, dass wir in einer hoch interessanten Welt leben! Ohne Egoismus gäbe es kein Glück.»

Puter applaudierte und sagte: «Dafür lege ich meine Hand ins Feuer. Ohne Egoismus gibt es kein Glück.» Dann kam er auf den Linksdrall der ‹Schönen Welt› zu sprechen. «Das hat uns geschadet und weit zurückgeworfen», sagte er.

«Wissen Sie, wie man Lenz in der Branche nennt?» fragte Harry Sommer. «Ein Schwein, eine linke Sau ist er in den Augen unserer Kunden.»

Ich stand auf. Sie waren unerträglich, diese Verlagsknechte. Ich wollte raus. Ich war auch nicht einverstanden mit dem Blatt, das Lenz machte;

aber er hatte Charakter, den hatte er, und er war mein Freund.

«Herr Baum, nehmen Sie wieder Platz.» Ich drehte mich nur um und blieb stehen. GD lächelte mich an. «Wir brauchen auch Leute wie Harry und Max. Und wir brauchen zufriedene Inserenten. Versucht also, euch zu vertragen. Was Lenz betrifft: Ich will ihn nicht entlassen, ich will ihn nur unter Kontrolle haben.»

Vor Jahren war Lenz während den Studenten-Unruhen in Deutschland von der Polizei zusammengeschlagen worden. Ein aufmerksamer Freund des Hauses, ein Sammler von Personalakten, hatte den Verlag darüber informiert. GD hatte mir diesen vertraulichen Brief gezeigt, worin dieser «Freund» anfragte, ob es klug sei, einen Mann mit roter Kappe als Chefredaktor zu beschäftigen. Dem Brief hatte ein Bild beigelegen, das Lenz mit blutüberströmtem Kopf zeigte.

«Wussten Sie das?» hatte mich GD damals gefragt.

Lenz hatte die Strassenkämpfe in Frankfurt erlebt. Das stimmte.

«Ich mag ihn, aber ich traue ihm nicht», sagte jetzt GD.

Vize Carl nickte und erinnerte an den Kommentar, der Lenz beinahe Kopf und Kragen gekostet hätte.

Lenz hatte darin geschrieben, dass Gewalt unsere älteste Schuld sei. Den Hang zur Gewalttätigkeit, den wir alle haben, mit einem Urrecht zu verwechseln, sei ein immer wiederkehrender Irrtum.

Daran war nichts Zersetzendes.

Aber er hatte dann noch hinzugefügt: Wenn man ihn fragen würde, ob er fähig wäre, Gewalt anzuwenden, könnte er nur antworten: «Ich hoffe, dass eine solche Situation sich nie einstellt.»

Das war den Herren in der Direktionsetage des Hercog Verlages zu weit gegangen.

Herr Hercog hatte daraufhin Lenz zu sich rufen lassen. «Was mache ich nur mit Ihnen?» soll er gefragt haben. «Sie sind gegen unsere Gesellschaft. Warum? Sie verdienen doch glänzend.»

Lenz erzählte mir damals, dass er dann vom immer etwas schüchternen Verleger zum erstenmal ohne das hoffnungsvolle, beruhigende Lächeln verabschiedet worden war, das dieser sonst seinen wichtigen Leute zu schenken pflegte.

Das Problem war, dass Lenz die Wünsche des Verlegers und seines Generaldirektors missachtete. GDs schöne Welt des bunten Eigensinns, der hübschen Frauen und glücklichen Gewinner — war das ein Konzept? Sicher. Aber nicht für Lenz. Ihn interessierte die Rückseite des Mondes mehr als der Mondschein. Gottfried Keller war ein Dichter, aber auch ein Raufbold und Säufer gewesen. Und ein Revoluzzer dazu. Lenz erinnerte seine Leser daran. Aber wer will das heute noch wahr haben. «Wie kann dieser Chefredaktor es wagen, unsern lieben Göpf einen Säufer zu nennen?» schrieb ein Kunde des Verlages. Hunderte solcher Briefe trafen ein. «Unser grosser Dichter ein Rebell, Raufbold, Trinker? Was bezwecken Sie mit solchen Behauptungen. Das sind doch Lügen. Pfui!»

Als wahr gilt nur, was mit den überlieferten Werten übereinstimmt. Alles andere ist blankes Risiko, kostet Auflage, Vertrauen, Geld. Armer Lenz!

Glücklicher Lenz! Seine Liebe zu Pat verzauberte ihn, und auch Pat blühte auf. Er schickte sie in ihr Paradies nach Rio Natal und sie brachte eine zündende Reportage über die Armen in diesem Land zurück, in welcher sie «Gewalt aus Verzweiflung» nicht verurteilte, sondern rechtfertigte.

Da sind sie wie die Wölfe über Lenz hergefallen.

«Mussten Sie diese Südamerikaner verherrlichen?» fragte GD.

«Soll man lügen?» antwortete Lenz.

«Sie sind soweit weg. Wen interessiert denn das?» fragte Herr Carl. «Wir kommen nur in Teufels Küche mit solchen Geschichten.»

Da sagte Lenz zu mir: «Bewirb dich um meinen Job. Lange sitze ich nicht mehr auf diesem Stuhl.»

Er machte keine schlechte Zeitung. Er machte nur die falsche; zeigte alles, auch unsere Sattheit, den Suff, das Alter, die Lebensgier, den Lebensüberdruss, Krankheit, Hunger, Ungerechtigkeit, Langeweile, den Krieg und unser Verhängnis, dass wir keine Hoffnung mehr haben und nicht zu lieben verstehen.

Die Leser kannten ihre ‹Schöne Welt› nicht mehr. Das Blatt hatte während Jahrzehnten brav, der Tradition verbunden, fast kritiklos die Illusion einer heilen Welt verbreitet. Und dann war Lenz gekommen und hatte aus der ‹Schönen Welt› eine beschissene gemacht.

«Ist er ein Verrückter?» fragte Bassano jetzt zum zweitenmal.

«Wie kommen Sie darauf?»

«Ich habe einen seiner Kommentare gelesen. Georg, haben wir den noch? Er schrieb darin, man habe den Menschen bestohlen. Man habe ihm die Hoffnung geraubt und sie durch tausend neue Wünsche ersetzt. Man habe einen Baum ausgerissen und das Loch im Bauch mit Maden aufgefüllt. Georg legte Bassano eine Nummer der ‹Schönen Welt› aufgeschlagen aufs Pult. «Hören Sie: ‹Wir leben von deinem Glück, wir machen dich glücklich!› drängt die gefrässige Madenbrut. Phantastisch? Sie schlecken dein Glück, werden lang und frech, und geben dir zu verstehen, dass du unvollkommen bist; denn nur wer fette Maden füttert, ist ein guter Zeitgenosse. Wenn du dich weigerst, wenn du dir etwas anderes wünscht als fettes Madenglück, etwas das nicht zum Kauf aufliegt, in keinem Versandkatalog vermerkt ist, mit keiner Kreditkarte erworben werden kann und dir nicht aus dem Werbeblock zulächelt, wenn du einen echten Wunsch präsentierst, einen gewachsenen, keinen mit dem man dich bestückt hat — oder wenn du sogar eine Hoffnung hast... Versuch es! Alle werden sie nervös. Die Profiteure der Maden-Kultur gifteln, die Madenpfleger sticheln: ‹Er hat was gegen Maden. Er ist ein Subversiver.› Die Politiker wimmeln dich ab, und die Glücksbrut schreit: ‹Er ist ein Staatsfeind, er lässt uns verhungern.› Wünsche, die keinen Profit abwerfen, sind systemwidrig. Sie sind nicht vorgesehen. Du wünschst dir eine freundlichere Stadt? Versuch es! Du wünschst dir Menschlichkeit? Was heisst das? Kann man das kaufen? Wo steht die Fabrik? Oder gibt's das in einer Bank? Wer ist dafür zuständig? Du möchtest Liebe spüren? Narr! Schlag dir solche Flausen aus dem Kopf. Das System hat unsere Hoffnungen auf Käufliches reduziert. Daran werden wir zugrunde gehen.»

«Den Satz kenn ich», sagte ich.

«Was halten Sie davon?» fragte mich Bassano.

«Idiotie.»

«Doch ein Verrückter also.»

«Lenz war kein Journalist. Er war ein Verirrter, der sich in die Zufriedenheit der Leute verbissen hatte.»

Sein Sturz war programmiert.

«Ihr zwei versteht euch doch», sagte GD zu mir. «Ich möchte Sie deshalb bitten, in seine Redaktion als Stellvertreter einzutreten.

Ob ich überrascht war? Nicht mehr. Der Versuch, ein neues Konzept zu finden, das inserentenfreundlich war, Harry Sommers ausfällige Bemerkung vom «linken Schwein» — die Demontage eines Chefredaktors war im Gange.

«Sehen Sie zu, dass Lenz nicht auch noch den Rest des Kredites verspielt, der uns geblieben ist.

Sie werden es nicht bereuen», sagte GD.

Meine Antwort darauf überraschte ihn. Ich lehnte eine Versetzung in die ‹Schöne Welt› ab.

Die drei Vizedirektoren schauten mich verblüfft an, dann wanderten ihre Blicke Richtung Tischende, wo GD regungslos sass.

«Kann ich Sie allein sprechen?» fragte ich ihn.

«Aber natürlich», lächelte er. «Meine Herren, vielen Dank.»

Als wir allein waren fragte er: «Wo steckt der Wurm?»

Ich sagte es ihm geradeheraus: «Pat.»

GD schaute mich fragend an.

«Patricia», wiederholte ich. «Ich war mit ihr befreundet. Jetzt lebt sie mit Lenz zusammen.»

«Warum sagt mir sowas keiner», beklagte er sich. «Die klatschen doch sonst den ganzen Tag. Was die eins klatschen; aber was wirklich wichtig ist, erzählt mir keiner.» Er seufzte theatralisch. Ich ahnte, was er jetzt fragen würde.

«Lieben Sie sie noch?»

«Ich glaube nicht, nein», antwortete ich schnell, zu schnell.

GD senkte den Kopf, starrte auf die Tischplatte und schaute mich dann über den Brillenrand hinweg durchdringend an.

«Okay, vielleicht liebe ich sie wirklich noch», gestand ich. «Ich habe sie verlassen. Das war ein Fehler.»

Beruhigt nickte er. Sein Zeigefinger glitt über die schmalen Lippen. «Sie werden den Job annehmen», sagte er dann. «Wegen einer Frau revidiere ich meine Pläne nicht. Nicht wegen der Berger, ist das klar?»

Ich schüttelte den Kopf und atmete gleichzeitig tief aus. «Okay», sagte ich. «Ich werde Ihnen heute nachmittage zusagen oder einen anderen Job suchen.»

GD war zufrieden. Und ich? Ich fühlte mich gut.

«Weil Sie Sehnsucht nach ihr hatten, nicht wahr?» fragte Bassano.

«Ja. Ich hatte Sehnsucht nach ihr. Erstaunt?»

«Nein. Überzeugt.»

Lenz verhielt sich bewundernswert. Er wusste, was meine Versetzung bedeutete, und er bereitete mich auf seine Art darauf vor, sein Erbe anzutreten.

Und Pat. Es dauerte nur drei Wochen, dann hatte ich sie wieder in meinem Bett. Heimlich, nachdem ich sie in der Stadt getroffen hatte.

«Zufällig?» fragte Bassano.

«Nein, ich wusste, wo sie verkehrte.»

«Sie ging allein aus?»

«Natürlich. Lenz hat mir einmal gesagt: ‹Was soll ich machen? Sie braucht das.› »

Sie war in Begleitung. Wir tranken zusammen ein Glas Wein, dann schüttelte sie den jungen Mann ab. «Weisst du, Hamp ist eine alte Liebe von mir, rein platonisch», fügte sie aufgestellt hinzu. «Böse, wenn wir dich sitzenlassen?»

Sie war wirklich unkompliziert. «Fahren wir zu

dir?» fragte sie.

Sie nahm ihren Wagen, ich nahm den meinen. In meiner Wohnung setzte sie sich im Schneidersitz auf das Sofa. Ohne ein Wort zu sagen bedeutete sie mir, dass sie mir verziehen hatte. «Bist du glücklich?» fragte sie.

«Und du?»

«Du hast mich sehr, sehr unglücklich gemacht.»

«Ich weiss», sagte ich. «Und Lenz?»

Sie gab mir einen kurzen, heftigen Kuss, ging zum Grammophon, suchte eine Platte heraus und legte sie auf. Zorba. Antony Quinn als erzählender, vom Leben berichtender Grieche, eine Stimme wie Erde unterm Pflug. Musik von Theodorakis, nicht heiter, nicht traurig, wahr, unsagbar wahr.

Ich hatte mich auf den Boden gesetzt, Pat kehrte zum Sofa zurück. Ich legte meine Hand auf ihren kleinen Fuss, sie fuhr mir mit der Hand durchs Haar. Die Zeit schien still zu stehen.

Aus den Lautsprechern kam Quinns verwitterte Stimme: «God has a very big heart, but there is one sin he will not forgive: if a women calls a man to her bed an he will not go. I know because a very old wise turk told me.»

Pat lachte mich an. Ihre Augen waren hell wie Sommerwolken. Ihr Haar war wie trockene Erde. Die Augen wurden dunkel. Liebe? Der Sturm. Die Flügel des Augenblicks griffen weit aus, erzitterten und trugen uns heran an den Wirbel, der uns hineinriss in die Mitte des Lebens. Wir erlebten die Gegenwart und die Erinnerung: ein explosives Gemisch.

«Ging das so weiter?» Bassano fragte ohne Vorwurf, ohne Unterton, nur erstaunt.

«Eine Zeitlang, ja. Sie brauchte Abwechslung, wie Sie ja wissen.»

«Machten Sie sich keine Vorwürfe?»

«Doch. Wir haben darüber gesprochen. ‹Du hast dich an mich gewöhnt›, meinte sie, ‹aber Lenz, ich kann es ihm so direkt nicht sagen. Ich habe Angst, ihn dann zu verlieren. Mit ihm möchte ich alt werden. Ich liebe ihn›, sagte sie.»

Bassano war ein bisschen traurig geworden, glaube ich. «Wie verhielt sich Samy Como?» wollte er wissen.

«Er merkte, was vorging. Das war alles.»

«Und Lenz?»

Dieser Frage wich ich aus. «Er machte sein Blatt weiter, ohne Rücksicht auf Verluste. Ich glaube, er suchte das Ende.»

Schöne Welt

Ich arbeitete etwa ein halbes Jahr an Lenz' Seite, als wir einem Skandal auf die Spur kamen.

Pat hatte erfahren, dass eine ganze Strasse mitten in der Stadt verschwinden sollte. Die Information stammte aus Studentenkreisen. Danach hatte die Stadtverwaltung die Strasse an die Eigentümerin der angrenzenden Liegenschaften, eine grosse Baufirma, verkauft.

Lenz beauftragte Pat, Homs, Walter Strasser und mich, zu überprüfen, was da tatsächlich vor sich ging. Lag ein Skandal in der Luft? «Ich will drei Zeugen für jede Stellungsnahme, klar? Befragt zuerst die Anwohner, dann das Amt, zum Schluss die Baufirma und klärt ab, ob die Stadt Strassen überhaupt verkaufen darf.» Lenz ahnte die versteckten Zusammenhänge intuitiv und ahnte bereits, was vier Tage später Aufsehen erregen sollte.

Die Lagunenstrasse, 73 Meter lang und sieben Meter breit, lag im Schatten alter, süss duftender Lindenbäume. Unser erstes Ziel war die Wohnung eines Schneiders im Haus Nummer 3.

«Wilhelm Leiser, Schneider» stand auf dem vergilbten Papierschildchen beim obersten Klingelknopf neben dem Eingang. Das Haus stand wohl seit einem halben Jahrhundert da; schön, etwas verkommen, die meisten Fenster ohne Vorhänge; viel Verputz war abgebröckelt. Das Treppenhaus war finster, die Holzstufen abgetreten und ausgelaugt, die Geländer verlottert.

«Ja», bestätigte der Schneider, «wir müssen hier raus.»

«Wie lange wissen Sie das schon?» fragte Walter Strasser. «Wurde Ihnen bereits gekündigt?»

«Ja. Wir wussten schon lange, dass es soweit kommen würde. Es ist schrecklich. Meine Frau ist krank, vom Geld der AHV können wir nicht alle Rechnungen bezahlen. Ich habe im Quartier hier noch einige Kunden. Darum sind wir geblieben. Alle unsere alten Nachbarn sind bereits weggezogen. Wir hatten gehofft, hier sterben zu können; aber jetzt müssen wir doch noch lebend raus, ja, auf Ende des Monats.»

«So schnell?» fragte Homs.

«Ja, das haben wir gewusst. Ja, man darf uns so schnell kündigen. Das ist schon so. Es sind nun bald fünf Jahre her, dass man uns mitgeteilt hat, hier werde alles abgerissen. Das war ja sehr grosszügig, uns schon damals darauf aufmerksam zu machen. Aber dann ist überhaupt nichts geschehen. Die meisten Mieter sind zwar ausgezogen, ja, es will ja keiner plötzlich auf der Strasse stehen. Und dann sind die Studenten eingezogen. Die sind halt beweglicher als Familien oder alte Leute. Wohin sollten wir denn ziehen? Ich habe hier noch ein paar gute Kunden, die ich zum Leben brauche. Meine Frau ist krank. Das kostet. Die Krankenkasse bezahlt ja nicht alles. Da! Das ist meine Nähmaschine. Ich kann mir keine neue Existenz mehr aufbauen mit meinen 72 Jahren. Wir dachten, bestimmt können wir hier sterben, bevor die Bagger kommen. Ja, und auch die Strasse soll ja verschwinden, all die Bäume, um einem Bürohaus Platz zu machen. Jaja, das braucht es halt auch. Aber denken Sie, die Studenten wollen uns eine Wohnung suchen. Hier in der Nähe. Das sind Kerle! Auch Mädchen sind dabei, junge Frauen. Man weiss manchmal gar nicht recht, wer nun was ist. Die haben gesagt: Herr Leiser, haben sie gesagt, diese Spekulanten sollen uns kennenlernen. Machen Sie mit? Können Sie uns ein paar Fahnen nähen? Die hängen wir raus und jeder soll lesen können, was hier vorgeht. Dass man hier alte Leute nicht in Ruhe sterben lässt. Dass man neuerdings auch Strassen kaufen kann und dass der Max schon recht hatte, wenn er sagte, dass der Kapitalist nicht an Wohnungen denke und schon gar nicht an einen Schneider, der hier sterben möchte und woanders zugrunde geht, sondern nur an seine Vorteile, die in so Häusern stecken, die er halt niederreisst, wenn Büros mehr einbringen. Diese Studenten sind muntere Leute. Gestern war eine Versammlung hier im Haus. Aus den Häusern der ganzen Strasse sind sie gekommen. Drei Ehepaare wohnen noch hier und sonst nur junge Leute. Die haben Spaghetti gekocht und viel geredet, auch von einem Engel. Ich habe nicht viel verstanden. Sie wollen sich wehren. Jaja, wir waren auch auf der Stadt. Man hat uns eine Wohnung weit draussen versprochen. ‹Da haben Sie Ruhe und nicht den Lärm der Autos und den Gestank›, hat man uns gesagt. Dort sei es schön. Aber ich habe hier meine Kunden und dort draussen habe ich keine mehr. Wovon soll ich dort leben? Die Jungen haben uns Hoffnung gemacht. Was meinen Sie, kann man sowas rückgängig machen? Ich meine, dass wir hier raus müssen?»

Ich sagte ihm, dass dies kaum möglich sein werde. Homs fotografierte dann die Wohnung, den Schneider, seine Frau, die Nähmaschine und die Strasse. Pat gab dem alten Mann einen Kuss auf die verrunzelte Wange, bevor wir ihn verliessen.

Am Abend trafen wir die Studenten, die den «Bewohnerverein Lagunenstrasse» gegründet hatten und die behaupteten, dem Schneider helfen zu wollen. Sie hatten jedoch nur ein Ziel: den Spekulanten das Geschäft zu vermiesen. «Spekulanten mögen alles, nur keinen Lärm», behaupteten sie. Deshalb wollten sie für unüberhörbaren Lärm sorgen. «Wir werden uns in die Fenster setzen, unsere Fahnen hissen und Unterschriften gegen dieses System sammeln, das an Spekulanten Strassen verkauft und Menschlichkeit nicht achtet.»

Homs hatte sie alle fotografiert. Sie waren langhaarig, trugen Blue Jeans und verfilzte Pullover. Die Mädchen waren ungeschminkt, hatten Tinte am Finger. Intellektuelle, Bumser, Faulpelze. Spleenköpfe, Heisssporne, barfüssig oder in Socken. Ein Pack in unaufgeräumten Zimmern.

Im Amtshaus bestätigte uns am nächsten Tag ein sachkundiger Beamter: «Jawohl, die Lagunenstrasse ist verkauft worden.»

«Für welchen Preis?» fragte ich.

«Herr Baum interessiert sich für die nächste Strasse, die Sie verkaufen», sagte Pat frech.

Der Beamte lachte. «Kein Preis, nein. Die Strasse ist im Tausch gegen ein Stück Land, das die Stadt braucht, in den Besitz einer Baufirma übergangen.»

«Ist das legal?» fragte Walter Strasser.

«Aber ich bitte Sie! Es ist ein Tausch.» Homs wollte den Beamten fotografieren. Aber der zierte sich, er sei nur ein kleines Rädchen.

Den frühen Nachmittag verbrachte Walter Strasser im Archiv der Stadtverwaltung, um die Kompetenzen der Verwaltung beim Verkauf öffentlichen Grundeigentums abzuklären. Für vier Uhr waren wir bei der ‹Constructor›, der Eigentümerin der alten Häuser und jetzt auch Besitzerin der Lagunenstrasse, angemeldet. Man empfing uns dort recht freundlich. Direktor Dr. Meier wies auf die bestehenden Verträge hin, und zeigte uns sogar ein Modell des «schönen grossen Bürohauses», das an der Stelle der Lagunenstrasse und der angrenzenden Häuser gebaut werden sollte. Er sprach von der Büronot in der Stadt und betonte, dass die Mieter der abzubrechenden Häusern schon vor fünf Jahren auf den beschlossenen Abbruch aufmerksam gemacht worden waren.

«Mehr Zeit können wir keinem geben, sich etwas Neues zu suchen. Und wenn heute einer jammert, dass er bis Ende Monat keine neue Wohnung findet, verdient er keine Hilfe. Zeit hatte er genug. Wir handelten korrekt.»

«Die Studenten wollen die Häuser besetzen und einen Abbruch verhindern», sagte ich.

Dr. Meier blieb ganz ruhig. «Hunderte von Studenten und Familien lebten in der gleichen Situation. Trotzdem sind in allen Fällen die Häuser in der gegebenen Frist anstandslos geräumt worden. Das wird auch an der Lagunenstrasse so sein.»

«Anstandslos?» fragte Pat.

«Wir werden das Problem mit Anstand lösen, wenn Sie es so meinen».

«Mit Hilfe der Polizei?» bohrte Pat weiter.

«Ja, wenn nötig mit Hilfe der Polizei.»

«Ist der Vertrag mit der Stadt bereits unterschrieben?» fragte ich.

«Ja, er ist unterschrieben.»

«Kann man ihn einsehen?»

«Bei uns nicht. Wir pflegen unsere Verträge nicht öffentlich auszuhängen», antwortete Dr. Meier. Dann drückte er die Taste einer Gegensprechanlage. «Ist Herr Kirsch schon da?» Die Stimme seiner Empfangsdame antwortete, Herr Kirsch sei soeben eingetroffen.

«Zeit für uns zu gehen?» fragte ich.

«Eine Besprechung, leider,» entschuldigte sich Dr. Meier.

«Wieviel verdienen Sie eigentlich damit?» fragte Pat.

«Wir sind eine Bau- und Immobilienfirma und kein Auskunftsbüro», war die Antwort. «Daran ändert sich auch nichts, wenn man zu viert kommt.»

«Ich bin nur der Fotograf», sagte Homs. «Darf ich?»

«Nein.»

«Macht nichts.» Homs hatte ihn schon zu Beginn des Gespräches fotografiert, zusammen mit dem Modell des Projektes ‹Lagunenstrasse›.

«Ich habe doch noch eine Frage, wenn Sie gestatten», sagte ich.

«Bitte.»

«Wer hat den Vertrag unterschrieben?»

Dr. Meier überlegte sich die Antwort. «Der Vertrag trägt die Unterschrift des zuständigen Beamten.»

«Eines Beamten?» fragte ich ungläubig.

«Zweifeln Sie an der Güte der Unterschrift?» fragte Dr. Meier.

«Allerdings», erklärte Walter Strasser. «Wir haben die Geschäftsordnung des Gemeinderats und die Ausführungsbestimmungen der städtischen Gesetze durchgesehen. Die Unterschrift ist ungültig; der Beamte hat seine Kompetenzen überschritten. Zuständig für den Verkauf einer Strasse ist der Gemeinderat.»

Dr. Meier reagierte kaum. «Sehen Sie», sagte er, «das sind nicht unsere Sorgen. Wir haben den Vertrag und damit auch die Strasse.»

Am andern Tag rief uns Lenz in sein Büro. «Es

hat eben einer von der Costructor angerufen. Wie heisst er doch gleich?» Er suchte nach dem Namen in seinen Notizen, die verstreut vor ihm auf dem Pult lagen. «Dr. Meier. Ihr müsst ihm ganz schön eingeheizt haben.»

«Wir waren ja auch zu viert», grinste Walter Strasser.

«Dieser Meier drohte mir, es wäre bestimmt nicht in unserem Interesse, oder sagte er in meinem? — ja, es wäre nicht in meinem Interesse, die Sache an die Öffentlichkeit zu zerren.»

«Was hast du ihm geantwortet?» fragte ich.

«Ich tat überrascht. Als Dr. Meier merkte, dass er mit seiner Drohung nichts erreichte, fragte er mich, ob ich eine Bewilligung zur Veröffentlichung hätte.»

«Eine Bewilligung?»

Ich war sprachlos. Strasser lachte schallend. Pat schloss die Augen.

«Inserieren die bei uns?» fragte Lenz.

«Nicht dass ich wüsste,» antwortete ich.

«Keine Einwände also?» fragte er mich.

«Ekel!» sagte ich leise. «Keine Einwände.»

Der Anruf des Direktors der Constructor bewog uns, den Bericht so rasch als möglich zu veröffentlichen.

«Wie weit seid ihr?» fragte Lenz.

«Fertig.»

«Bilder?»

«Alles da. Auch eines von Dr. Meier».

«Wir produzieren das sofort. Aktuell, vier Seiten», enschied Lenz. Keiner hatte einen Einwand. Nur Homs, der älteste von uns allen, meinte sarkastisch: «Was wir bis jetzt haben, ist doch nur eine halbe Sache. Die andere Hälfte heisst Korruption.»

«Vielen Dank für den Hinweis.» Lenz sagte das sehr galant, wie ein älterer Herr, der sich bei einer jungen Dame für den Tanz bedankt, den sie ihm eben gewährt hat.

Und dann hatten wir den Salat!

Die Constructor, die den Handel mit der Lagunenstrasse eingefädelt hatte, gehört einem der besten Inserenten des Hercog Verlages.

GD's Freund Hafner, Direktionspräsident des betroffenen Konzerns, hatte bei ihm interveniert. GD rief mich deshalb in aller Hergottsfrühe an. «Was habt ihr mit der Constructor vor?» fragte er mich. Ich erschrak und war sofort hellwach.

«Es steht im Blatt, das heute rauskommt», sagte ich fast stimmlos.

GD verabschiedete sich nicht einmal. Hatten wir den Bogen überspannt? Ich setzte Kaffeewasser auf, schnitt Brot ab, nahm das Wasser wieder vom Herd... Der Appetit war mir vergangen. Schon zehn Minuten später rief GD wieder an.

«Ist das nötig? Müssen Sie unsere Freunde Spekulanten schimpfen?» fragte er wütend.

«Es sind Spekulanten, das zum mindesten», verteidigte ich mich.

«Die sind einflussreich und verstehen ihr Geschäft. Das ist alles!» wetterte er. «Schimpft von mir aus auf die Stadt, wenn sie die Strassen verkauft. Aber lasst unsere Freunde leben! Warum sind Sie übrigens noch nicht auf der Redaktion? Lenz ist bereits dort. Aber mit ihm will ich nicht reden. Nicht jetzt.

Ich schwieg.

«Sie schlafen zu lange», schimpfte er. «Sie schlafen — und Lenz macht ein linkes Blatt. Ich habe Sie nicht zum Ausschlafen in die ‹Schöne Welt› gesetzt.»

Es war Donnerstagmorgen. Pat war bei mir gewesen. Ich hatte mich verschlafen, verdammt noch mal.

Am Tag danach war erst recht der Teufel los. Die gesamte Presse hatte den Skandal aufgegriffen. Man hatte uns zitiert, angerufen, kritisiert und gratuliert.

Noch am gleichen Tag erinnerte uns GD in einem knappen Memorandum an die «bewährten journalistischen Regeln des Hercog Verlages». GD verlangte darin Objektivität in der Berichterstattung, konstruktives Verhalten, Ausgewogenheit und Wahrheit. Lenz liess Kopien davon in jedem Büro aufhängen und schwieg.

Wir waren enttäuscht.

«Denkt selbst darüber nach», sagte er bloss.

Wir spürten alle, wie er sich zurückhielt.

«Ich verstehe eure Unruhe nicht. Was ist denn geschehen?» fragte er. «Wir sollen vier Forderungen erfüllen, und die sind berechtigt.»

«Das überrascht uns aber, das von dir zu hören», sagte Samy. «Alle unsere Berichte sind persönlich gefärbt. Das hast du uns so beigebracht. Wir verweben die Tatsachen mit Aussagen, Meinungen und dem persönlichen Eindruck. Wir fragen, sehen und hören. Wir sind sehr viel aufmerksamer geworden, seit du hier sitzt. Sind wir objektiv?»

Lenz lächelte. «Es besteht kein Grund, daran etwas zu ändern.»

«Man will und doch bestrafen, weil wir einem wichtigen Inserenten auf die Füsse getreten sind», meinte Walter Strasser. «Nur darum hat man uns jetzt diese vier Schlingen um den Hals gelegt.»

«Das ist unser verdammtes Risiko», antwortete ihm Lenz.

«Hättest du den Bericht auch veröffentlicht, wenn du gewusst hättest, wer hinter der Constructor steht?» fragte Como.

«Darüber habe ich nicht nachgedacht», antwortete Lenz.

Er liess uns alle zappeln und machte nicht die kleinste Andeutung, dass er das Memorandum der Verlages bereits beantwortet hatte.

Eine Woche später legte Strasser eine Kopie dieser Antwort auf den Tisch. Como entschuldigte sich darauf bei Lenz. «Wir waren ekelhaft. Es tut uns leid.»

«Woher habt ihr diese Kopie?» grinste Lenz.

«Beziehungen», sagte Strasser. «Der Text wird bereits gehandelt.»

Lenz' Antwort auf das Memorandum des Verlages lautete: «Der beanstandete Bericht ist ausgewogen. Alle Betroffenen und Beteiligten wurden befragt und kamen zu Wort.

Der Bericht ist glaubwürdig. Wir haben mit viel Arbeit die Wahrheit gesucht. Die Forderung nach blanker Wahrheit ist unerfüllbar. Wir können nur Liebhaber der Wahrheit sein. Mehr nicht.

Der Bericht ist objektiv. Dafür gibt es nur eine Bedingung: Die Nachprüfbarkeit

Der Bericht ist konstruktiv. Ein illegales Geschäft wird rückgängig gemacht werden müssen. Konstruktiver kann uns keiner wünschen.»

Ein linkes Lokal-Blatt hatte Wind bekommen von den Vorgängen im Hercog Verlag und berichtete genüsslich darüber: wir waren die Helden, der Verlag aber wurde als Marionette eines grossen Inserenten entlarvt.

Wer hatte geplaudert? Strasser?

GD liess ein neues Memorandum verteilen, worin er festhielt, dass die Erinnerung an die Richtlinien des Hercog Verlages nicht in Zusammenhang gebracht werden sollten mit einer Aktualität, die Eingang in die gesamte Presse gefunden hatte. Die Massnahme sei unabhängig von aktueller Zufälligkeit notwendig geworden und betreffe die Arbeit in allen Redaktionen des Verlages.

Lenz knöpfte sich Strasser vor. «Mach das nie wieder!» sagte er ihm. «GD ist unser Chef. Er hat das Recht, uns in die Zange zu nehmen. Aber das geht keinen sonst etwas an, schon gar nicht die Schwachstrom-Kollegen deiner Partei. GD hat sein Gesicht verloren. Und wir sind die Helden.

Scheissdreck, verdammter!»

Recht hatte er. Trotzdem fuhr er fort, den Verlag zu provozieren.

Ich erinnere mich an eine Konferenz, die typisch dafür war. Unbarmherzig missachtete er die Interessen des Verlages und die Gefühle und Wünsche des Herrn Hercog, der Beschauliches liebte und von der Schönheit unserer Welt überzeugt, vom Wunder des Lebens fasziniert war.

«Zeig schöne Frauen, Lenz!» hatte ich ihm schon öfters gesagt, und während dieser Konferenz erinnerte ich ihn daran. «Ich weiss nicht», sagte ich, «es fehlt etwas Schönes in der Nummer.»

«Du vergisst den Bankier Brocken. Das ist ein schöner Mann, in einem schönen Haus, mit einem schönen Hund und mit einer schönen Frau», entgegnete Walter Strasser. «Er sagt sogar etwas sehr Schönes. Europa braucht die Schweiz, so wie sie ist, sagt er.»

«Als Asyl der letzten Kapitalisten», meckerte Pat. Sie hatte sich von der Klatsch-Kolumnistin zur engagierten Polit-Reporterin gemausert.

«Soll ich ihr den Mund stopfen?» fragte Homs.

«Brocken hat recht. Wir sollten glücklich sein. Es geht uns allen verdammt gut», sagte Lenz.

Es geht uns allen verdammt gut! Keiner bemerkte die zynische Härte dieses Urteils. Auch Pat nicht.

«Du vergisst den Bergbbauer», empörte sie sich. «Ist doch in der gleichen Nummer. Dreizehn Kinder, eine kranke Frau, die ihm wegstirbt. Heimarbeit für einen Dezi Schnaps die Stunde.»

«Ist das schön?» fragte Madame Baur. «Es fehlt wirklich etwas Schönes in der Nummer.»

«Schön ist das Matterhorn im Hintergrund», grinste Walter Strasser.

«Es gibt auch glückliche Bergbauern», wehrte sich die Moderedaktorin.

«Richtig», sagte Lenz und beendete die Diskussion. «Es gibt auch unglückliche Bankiers.»

Zwei Wochen später überstürzten sich die Ereignisse.

Wieder hatte ich auf Lenz eingeredet. «Hercog mag schöne Frauen. Zeig ihm schöne Frauen in seinem Blatt, und er wird dich wieder umarmen!» Inzwischen hätten sie sogar ein bisschen nackt sein dürfen.

«Sonst noch was?» Das war alles, was Lenz dazu zu sagen hatte.

«Ja, zum Teufel! Versuch nicht, die Menschheit mit einer kleinen, schwindsüchtigen Illustrierten aus dem Dreck zu ziehen. Du fällst nur selber hinein.»

Dann kam das Telefon. Herr Hercog war am Draht. Mama Hotz stellte die Verbindung nicht sofort durch sondern schrie: «Vorsicht! Ich glaube, er ist wütend».

Lenz zündete sich eine Zigarette an und drückte dann auf die Taste. «Lenz», meldete er sich, eine Spur freundlicher als sonst. Dann sagte er kein Wort mehr. Er legte die Zigarette auf den Rand des Aschenbechers und hörte nur zu. Nach etwa zwei

Minuten sagte er fast lautlos «ja», legte den Hörer langsam auf und drückte die Zigarette aus.

Mama Hotz stand rauchend im Türrahmen.

«Habt ihr die neue Nummer schon gesehen?» fragte uns Lenz.

«Herr Hercog hat mir soeben mitgeteilt, dass er mich nicht mehr sehen will.»

Es war bald sieben Uhr abends. Samy war erstaunt, dass wir alle noch im Büro waren. Er schaute über die Schultern der Mama Hotz zu uns rein: «Was ist los?»

Lenz warf ihm die letzte Nummer der ‹Schönen Welt› zu. «Deine Story über den Schweizer Gardisten. Hast du sie noch im Kopf?»

«Natürlich. Es ist auch Pats Geschichte. Ist etwas faul daran?»

Diese Story war ein pikanter Erlebnisbericht eines jungen, bärtigen Schweizers, der die päpstliche Garde unerlaubt verlassen hatte. Ein einseitiger Bericht, von einem fahnenflüchtigen Zeugen kolportiert.

Mir fiel erst jetzt auf, dass Lenz fast weiss im Gesicht war. Bleich war er immer schon gewesen. Aber jetzt war er kreideweiss. Kleine Perlen standen ihm auf der Stirn; der Haaransatz war feucht vom weggewischten Schweiss.

«Was ist geschehen?» bohrte Como. «Die Story ist doch gut. Was ist damit?»

Lenz liess ihn ohne Antwort. «Schau dir die Farbseiten mal an!» Samy schlug im Blatt, das ihm Lenz zugeworfen hatte, den Bildbericht über den

Film ‹Satyricon› auf.

«Fellinis Bild der Menschheit, diese Woche im Fernsehen» stand als Überschrift. Die Bilder? Eine Ansammlung von Schönheit, Fettsucht, Jugend, Alter, Lebensgier und -überdruss, Liebe, Sattheit, Suff, Krankheit, Hunger, Langeweile, Krieg.

Lenz stand auf, stapfte um den Konferenztisch herum, blätterte dann eine Seite weiter und zeigte auf ein kleines Bildchen, das einen jugendlichen Zwitter darstellte, den Fellini in seinem Film kurz hatte auftreten lassen. Der Kleine war weiss geschminkt, kindlich, ein Knabe, ein Mädchen, nicht abstossend, nur erstaunlich.

«Hercog hat mich eben angerufen. Jetzt weiss ich endlich, was ich bin: hemmungslos. Ich mache seine ‹Schöne Welt› kaputt, und er weiss nicht mehr, was er machen soll. Er weiss es wirklich nicht mehr. Nur eines weiss er: er will mich nie mehr sehen.»

«Wegen diesem Bildchen?» fragte Como.

«Und wegen der Indiskretionen aus dem Vatikan.»

«Sind ihm zu heiss, was?»

«Sie sind einseitig», sagte ich.

«Natürlich sind sie einseitig. Hast du schon zweiseitige Indiskretionen gelesen?» polterte Como aufgebracht.

Jetzt setzte sich auch Mama Hotz zu uns an den grossen Tisch. «Woran Hercog sich stört, ist das so schlimm?» fragte sie.

«Also mich stört das überhaupt nicht. Und auch

den Leser nicht,» behauptete Como. «Der Mensch ist kanibalisch. Er hat gern Menschlichkeit. Ist es nicht menschlich, wenn Pfaffen Liebe machen?»

Der fahnenflüchtige Innerschweizer Ex-Gardist hatte Pat und Samy in einem Zürcher Café unter anderem erzählt, dass auch geistliche Herren hie und da die Strasse der Sünde hinter den Toren des Vatikans besuchen. Das wisse er von einer Prostituierten.

«Herr Hercog hat sich gut geschlagen», gestand Lenz. «Ich war ganz sprachlos. Man wisse, dass auch Pfaffen bumsen, aber sowas schreibe man nicht! hat er gezetert. Ich würde überhaupt nicht an die Abonnenten denken. Und auch nicht an die Inserenten. Ich sei hemmungslos. Bin ich das?»

«Ach was», sagte Mama Hotz.

Das stimmt schon, dachte ich. Aber ich sagte es nicht.

«Und jetzt?» fragte Como.

«Herr Hercog sagte, ich solle dafür sorgen, dass ich ihm nie mehr begegne, es gäbe sonst ein Unglück. Und er schickt uns Herrn Carl. Morgen.»

«Warte ab! Ich werde mal rumhören», riet ich, «dann weisst du, wie tief das sitzt.»

«Lass das!» fuhr Lenz mich an.

«Was auch geschieht: ich halte zu Ihnen», sagte Mama Hotz. Sie hatte Tränen in den Augen.

«Ein schönes Gefühl, nicht wahr — treu zu sein?» höhnte Como.

«Ach Sie mit Ihren blöden Sprüchen», sagte sie und wischte mit dem Handrücken die Augen trocken.

«Sonst noch was?» Ich stand auf. Ich war müde.

Lenz schaute mich halb über den Brillenrand hinweg an und schüttelte den Kopf. «Ich werde dich als meinen Nachfolger vorschlagen.»

Was sollte ich darauf antworten? Ein träfes Wort ging um: dass nicht nur die Zahlen rot seien in unserem gedruckten Subjekt. Der kleine Zwitter und die miese Indiskretion aus dem Vatikan gaben nun den verschreckten Wächtern Gelegenheit, einem verkappten Linken ganz unpolitisch eins auszuwischen. «Ich halte die Ohren steif», sagte ich. «Du kannst dich auf mich verlassen.»

«Tu ich nicht», sagte Lenz lächelnd. Bitter lächelnd?

Auf dem Gang stiess mir Samy die Faust in den Rücken. «Sein Nachfolger, hm!», machte er. «Auch im Bett?»

Ich tat in dieser Nacht kein Auge zu.

Vizedirektor Carl kam wie angekündigt pünktlich um neun Uhr. Klein und freundlich setzte er sich in einen Fauteuil der ledernen Sitzgruppe, die neben der Türe im Chefbüro steht.

«Wie geht's?» fragte er.

Ich dankte und setzte mich aufs Sofa. Lenz begrüsste Herrn Carl mit einer Handbewegung vom Pult aus. «Ich bin gleich soweit», rief er und wählte eine interne Nummer.

«Herr Schim, kommen Sie bitte schnell zu mir. Ich habe da einen Brief für Sie,» sagte er ins Telefon.

Während er den Telefonhörer zurücklegte, wandte er sich wieder Herrn Carl zu: «Wenn Sie meinen Kopf wollen, hier ist er. Es ist allerhand los hier heute morgen, aber das soll Sie nicht daran hindern, Ihre Pflicht zu tun.»

«Darum geht es nicht,» sagte Vize Carl.

Schim kam. Grossäugig, mit ungebügelten Hosen. «Sie haben einen Dings für mich?»

«Genau», stellte Lenz fest. «Lesen Sie ihn mal durch! Und machen Sie sich an die Arbeit! Ich rufe Sie wieder, wenn wir hier fertig sind.»

Schim überflog den Brief, den ihm Lenz übergeben hatte.

«Lesen Sie ihn draussen», sagte Lenz kalt. «Ich habe Besuch.»

«Oh», entschuldigte sich Schim. «Ich habe Sie gar nicht gesehen, Herr Carl.»

«Unsere Fauteuils sind etwas zu gross für Appenzeller», stichelte Lenz.

Herr Carl lachte schrill. Schim liess den Brief auf dem Pult liegen, kam zu uns und gab Herrn Carl die Hand. Dann wollte er gehen. Lenz rief ihn zurück. «Den Brief, Sie Träumer!»

«Oh!» entschuldigte sich Schim heiter, holte den Brief und verschwand. Lenz schloss die schiefe Türe zum Sekretariat.

«Eigentlich wollte ich unter vier Augen mit Ihnen sprechen, Lenz», begann Vize Carl.

«Lassen Sie Herrn Baum hier! Ich habe keine Geheimnisse vor Hamp. Sie wissen das. Er ist mein Freund, mein schlechtes Gewissen und mein Nachfolger.»

Ich hätte ihn umbringen können, diesen scheinbar so selbstlosen Vorbeter meiner Karriere.

«Ich muss Sie aber allein sprechen.» beharrte Herr Carl.

«Schade. Es ist fast das einzige geblieben, was uns noch verbindet, Hamp und mich: dass wir fast keine Geheimnisse voreinander haben.»

Erstaunlicherweise gab Herr Carl darauf nach. Ich blieb sitzen und erfuhr, dass im Verlag die Würfel gefallen waren. Gegen Lenz. Und auch gegen mich.

«Man wird Ihnen einen Berater für alle wichtigen Entscheidungen zur Seite stellen», eröffnete uns Herr Carl.

Lenz überging diese Neuigkeit, als ob sie ihn nicht interessierte. Ich aber sass wie auf Kohlen. «Wen?» platzte ich heraus.

Herr Carl zögerte, schnupfte zweimal kurz und sagte dann wie entschuldigend: «Mich.»

Wieder reagierte Lenz überhaupt nicht. Er hatte auf dem Rand des Konferenztisches gesessen, stand jetzt auf, öffnete die Türe zum Sekretariat und bestellte für uns alle einen Kaffee. «Sie nehmen doch auch einen?» fragte er Herrn Carl.

«Es muss nicht sein», sagte dieser irritiert.

Im Dann-eben-nicht-Ton rief Lenz: «Nur zwei Tassen, Mama Hotz.» Dann setzte er sich wieder auf den Rand des Konferenztisches. Die Türe hatte er offen gelassen. Herr Carl wollte aufstehen, aber Lenz bat ihn, noch zu bleiben. «Es ist gut, dass Sie da sind. Ich brauche bereits Ihren Rat. In einer ernsten Sache. Haben Sie Lust?»

«Immer», log Herr Carl.

«Mama Hotz!» rief Lenz, «Holen Sie bitte Herrn Schim. Er soll den Brief mitbringen.»

«Schiiim!» rief Mama Hotz in den Gang hinaus. «Zum Chef!» Dann brachte sie den Kaffee. «War schon fertig. Ich kenne eure Wünsche.»

Lenz setzte sich wieder zu uns. «Um vier Uhr machen wir Konferenz, Hamp. Schau, dass dann alle hier sind!»

Schim kam.

«Was halten Sie von dem Brief?» fragte ihn Lenz.

«Was ich davon halte?» fragte Ueli Schim. «Ich weiss noch nicht.» Er holte sich einen Stuhl und setzte sich zu uns.

«Wir haben einen Brief erhalten heute morgen,» begann Lenz. «Eine Frau schreibt uns. Aus dem Aargau. Sie hat den Report unseres Londoner Büros über Abtreibung gelesen, und fragt nun an, ob wir ihr eine Adresse geben können. Ihr Mann will aber keinen Cent bezahlen. Sie hofft, dass wir vielleicht auch finanziell helfen können».

«Geld? Nicht mal die Adresse dürfen Sie dieser Frau geben», bestimmte Carl. «Geld wäre glatte Beihilfe zu Mord. Oder wie immer man das nennen will.»

«Ihr Mann ist vorbestraft», erklärte Ueli Schim. «Er steht vor der dritten Verurteilung. Ausgerechnet jetzt erwartet die Frau ihr fünftes Kind.»

«Aber das ist doch nicht unser Problem», sagte der Vize. «Wir kämen in Teufels Küche, wenn wir uns über solche Sachen Gedanken machten.»

«Das ist kein Standpunkt», sagte Lenz.

«Oh doch,» entschied Herr Carl. «Der Fall ist klar.»

Lenz gab aber nicht nach. «Ich verstehe die Frau. Ihr Mann ist krank. Er ist zweimal vorbestraft. In einem Monat steht er wieder vor Gericht.»

Vize Carl schüttelte den Kopf.

«Es war immer das gleiche Verbrechen», sagte Lenz langsam. Aufreizend leise fügte er hinzu: «Notzucht an kleinen Mädchen. Deshalb will die Frau kein Kind mehr von ihrem Mann.»

Als ich Herrn Carl wieder ansah, blickte ich in ein betroffenes Gesicht.

«Lesen Sie selbst!» Lenz nahm Schim den Brief aus der Hand und überreichte ihn seinem Berater. «Die Frau ist verzweifelt.»

Herr Carl sah auf den Brief herab wie in einen Abgrund. Er schaute hinein, ohne zu lesen. «Melden Sie's dem Sozialamt!» schlug er abwehrend vor.

«Die können anscheinend nichts tun», sagte Schim. «Ich habe schon angerufen. Man kennt die Frau auf dem Amt. Aber man sieht keine Möglichkeit, ihr zu helfen.»

«Da haben Sie's», sagte Carl. Er stand auf und gab Lenz die Hand.

«Würden Sie auch so entscheiden, wenn der Verlag Ihnen gehörte?» fragte Lenz.

«Er gehört mir nicht. Denken Sie, was Sie wollen. Ich tu's auch,» sagte Herr Carl. Dann ging er. Verwirrt, verärgert, aber noch immer freundlich.

Lenz gab mir den Brief. «Gib ihn den andern zum Lesen. Ich will, dass sich jeder seine Gedanken darüber macht.»

Schim gab er den Auftrag, die Frau zu besuchen. «Fahr hin! Jetzt gleich.» In solchen Augenblicken duzte er alle. «Um vier bist du wieder zurück. Ich will alles wissen über sie. Wie ihre Wohnung aussieht, wie sie redet, was sie über ihren Mann erzählt. Schau dir die Kinder an und versuch, beim Sozialamt doch noch etwas zu erreichen! Nimm Homs mit! Nein, der ist ja schon weg. Pat ist auch unterwegs. Also mach's allein! Bilder brauchen wir keine.»

Ueli Schim ging, Lenz setzte sich an sein Pult, klaubte eine Zigarette aus der Schachtel, warf diese auf den Tisch zurück und sagte zornig: «Ich wäre lieber ein Hund.»

Ich wehrte mich für Herrn Carl. «Du tust ihm Unrecht. Er kann nur so entscheiden.»

«Genau das meine ich,» sagte er. «Halt dich nicht auf!» Seinen Kaffee hatte er nicht angerührt.

Um Viertel nach vier begann die Konferenz. Mama Hotz hatte alle Fenster im Chefzimmer aufgerissen. Drückende Schwüle hing in der Stadt.

Ich lockerte meine Kravatte. Schim legte sein beiges Manchesterjacket über die Stuhllehne, sein gestreiftes Hemd war nass unter den Achselhöhlen.

Pat lüftete ihren leichten braunen Pullover, unter dem sich ihre nackten Brüste bewegten. Der Chefgrafiker schob die Hemdärmel weiter zurück. Madame Baur schlüpfte aus ihren Pumps, und Walter Strasser knöpfte sein Hemd bis zum Bauchnabel auf. Samy sass regungslos da.

«Die Situation hat sich leicht verändert», begann Lenz. «Wir werden uns in Zukunft von Herrn Carl beraten lassen müssen.»

«Wieso?» fragte Homs.

«Weil der Verleger ein freier Mann ist. Fangen wir an! Wer hat den Brief?»

Homs hielt ihn mit beiden Händen und meinte: «Ich verstehe die Frau. Sie will kein Kind mehr. Aber ich bin gegen Abtreibungen. Mir wird übel, wenn ich daran nur denke.»

«Übelkeit als Alibi», spottete Pat.

«Wir könnten der Frau helfen», sagte Lenz. «Aber es wäre rechtlich fragwürdig.»

«Beihilfe zu einem Gewohnheitsverbrechen», kommentierte Strasser.

«Sie haben die Frau besucht, Herr Schim. Wie ist Ihr Eindruck?» fragte Lenz.

«Sie ist, wie soll ich's sagen? Eine einfache Frau. Ihr Mann war zuerst einverstanden mit einer Abtreibung. Alles war schon besprochen. Aber dann hat er die Einwilligung zurückgezogen. Sein Anwalt hatte ihm angeblich dazu geraten. Der Mann steht in ein paar Wochen wegen seiner dritten Vergewaltigung vor Gericht, und der Anwalt hofft, dass die Schwangerschaft der Ehefrau strafmildernd ins Gewicht fällt. Deshalb ist er jetzt gegen die Abtreibung.»

Pat entlud ihre Entrüstung mit einem Schrei.

«Das ist unglaublich!» entsetzte sich auch Madame Baur.

«Oioioi!» rief Homs in sich hinein.

«Männer!» stellte Madame Baur fest.

Samy Como meinte: «Ein Knüller.»

Lenz winkte ab. «Was sagt man auf dem Amt?»

«Es ist nichts zu machen. Man hat mich zu einer Dame geschickt, hinter der ein Dings an der Wand hing. Die Alpen. Gemalt. Farbig. In Öl. ‹Können Sie nicht eine Ausnahme gestatten?› habe ich sie gefragt. ‹Die Frau ist verzweifelt.› Aber es ist offensichtlich zwecklos einem Menschen, der gewohnt ist, amtlich zu denken, mit quasi persönlichen Angelegenheiten zu kommen. Ich habe vielleicht nicht den rechten Ton gefunden. Jedenfalls fühlte sich die Dame belästigt. Sie gab zwar zu, dass dieser Fall unglücklich liege. Aber sie meinte — und das werde ich nie mehr vergessen: für die allzumenschliche Seite sei man auf dem Amt nicht zuständig.»

Wir waren erschüttert.

Lenz stützte sein Kinn auf den Daumen und schaute an uns allen vorbei. Wer ist für die Menschlichkeit zuständig? Ich wusste, was er dachte: wir zum Beispiel.

«Hast du dich auf dem Amt vorgestellt?» fragte ich Schim. Er wurde rot.

«Ja. Als Bruder der Frau. Das habe ich von Samy gelernt. Die hätten sonst nicht mit mir gesprochen.»

«Schon gut, Ueli!» sagte Lenz.

«Können wir die Frau fotografieren?» fragte Como.

«Bestimmt», meinte Schim. «Mit trockenen Tränen, Kindern und allem drum und dran. Nur der Alte wird kneifen, denke ich.»

«Es wäre ein Knüller», sagte Lenz. «Eine dieser beschissenen Geschichten, die alle lesen und die niemandem etwas nützen.»

«Bist du sicher?»

«Nein», gestand er. «Aber da ist noch was anderes. Ich halte das Risiko für zu gross. Lies den Brief nochmals!»

«Die Frau könnte sich das Leben nehmen», sagte Homs.

«Bringen wir die Geschichte doch ohne Namen», schlug ich vor.

Como fragte verächtlich: «Haben wir eigentlich einen Beruf oder betreiben wir ein Hobby?»

«Was kostet es, die Frau nach London zu schicken?» fragte Madame Baur.

Schim sah sie dankbar an. Ich protestierte.

«Ich habe mich erkundigt», sagte Lenz. «Hier ist die Antwort vom Londoner Büro.» Ein Telex lag vor ihm. «Dass die Frau im vierten Monat ist, kompliziere die Sache, schreibt Marianne. Sie hat mit zwei Ärzten gesprochen. Die Abtreibung kostet tausend Franken. Dazu kommen der Flug und das Hotel. Zweitausend Franken also insgesamt.»

«Bezahlen doch wir die Kosten», schlug Pat vor, «wenn der Verlag nicht will.»

«Nicht kann», korrigierte Lenz.

«Das ist unmöglich», protestierte ich. «Wir machen eine Zeitung. Es stimmt, wir haben Mariannes Bericht gebracht; klar, da war zu lesen, wie einfach es ist, in London eine Abtreibung machen zu lassen. Okay, damit hatten wir eine Hoffnung geweckt in der Frau, das stimmt, aber dafür sind wir nicht verantwortlich.

Lenz schaute mich an. «Vielleicht hast du recht.»

Die Konferenz war zu Ende. Als die andern gegangen waren, sagte Lenz zu Schim: «Wir müssen ihr helfen, Ueli. Red mit ihrem Mann! Sag ihm, dass wir ihn zur Sau machen werden, wenn er seine Einwilligung verweigert.»

«Er hat einen Anwalt», gab ich zu bedenken. Lenz antwortete mir nicht.

Er zog nun ein Scheckbuch aus der Brusttasche seiner Jacke, die über der Stuhllehne hing, und füllte einen Scheck aus. «Setz den Mann unter Druck, Schim,» fuhr er dann unbeirrt fort. «Sag ihm, dass wir seinen Prozess gross aufmachen werden, wenn er nicht spurt. Sag ihm auch, dass wir nur dann darauf verzichten, wenn er einwilligt, dass seine Frau operiert wird. Verstanden?»

Schim nickte unsicher. Lenz gab ihm den Scheck. «Lös ihn ein! Wenn der Mann spurt, gibst du ihm das Geld und sagst ihm, dass es seiner Frau gut tun würde, wenn sie glauben kann, dass er selbst ihr helfen will. Wenn du das Gefühl hast, dass er nicht spurt, musst du die Frau unter vier Augen sprechen. Dann gibst du das Geld ihr. Steck's ihr ohne Quittung zu; und sag nicht, dass es von uns ist!»

Schim war nahe daran, seinen Chef zu umarmen.

«Unserem Büro in London gebe ich Bescheid. Marianne wird den Rest arrangieren, sobald wir weitersehen. Ist alles klar?»

«Alles klar», strahlte Schim.

«Schaffst du's?»

«Ja.»

«Allein?»

«Ja.»

«Mach's gut! Ich bin im Büro heute abend. Ruf mich an, wenn du mich brauchst! Die Bank am Bahnhof hat noch offen. Viel Glück! Und gib mir noch heute Bescheid, ob's geklappt hat. Ich bin morgen nicht da.»

Lenz hatte sich gegen mich entschieden. «Du bist so still, Hamp», hörte ich ihn sagen.

«Soll ich weinen?» fragte ich. «Ich versteh dich nicht.»

«Es spricht vieles dagegen, dieser Frau direkt zu helfen, sicher. Aber der Ausweg, den wir ihr gezeigt haben, ihre Hoffnung auf diese Möglichkeit — dafür bin ich verantwortlich. Ich. Ich ganz allein. Beruhigt dich das?»

«Nein. Ich verstehe dich nicht», wiederholte ich.

Lenz war kein Journalist. Er war immer ganz

nah daran, einer zu sein. Aber er ist nicht kalt genug. Er wehrte sich gegen die Gleichgültigkeit und die Härte, die es in diesem Geschäft braucht.

Lenz nahm die Brille vom Gesicht und strich sich mit der Hand über die Augen. «Ich denke, du machst Karriere», sagte er.

Ich konnte mich nur wiederholen. «Du rührst mich zu Tränen.»

«Ich geh was essen. Kommst du mit?»

«Gerne», sagte ich.

«Du wirst mein Nachfolger, Hamp», sagte er, als der Kellner den Wein brachte. «Hab ich dir schon gratuliert?»

«Lass das!»

«Ein schönes Gefühl, nicht wahr?»

«Du bist ein ekelhafter Kerl.»

«Ich weiss», gestand er. «Darauf trinken wir einen!»

«Was hast du vor?» argwöhnte ich. Oder war es Freude? Seine Uhr war abgelaufen.

Er nahm sein Glas und sagte: «Prost. Vergiss mich, vergiss nicht, mich zu vergessen!»

«Werd ich nicht.»

Wir assen. Er plauderte weiter, fragte: «Gibt es Unvergessliches?»

Er antwortete sich selber: «Wir wären für immer verletzt, würden schreien, heulen, uns krümmen vor Schmerz, wenn wir nicht vergessen könnten, was war.»

Die weissen Wolken über den Dächern strahlten im Abendlicht. An der Ecke, wo mein Wagen stand, verabschiedeten wir uns wie schon so oft. Er berührte mit seiner Hand meinen Arm. «Mach's gut! Und vergiss nicht, mich zu vergessen!»

«Idiot! Ich werde dich nicht vergessen.»

«Nur Hoffnung ist unvergesslich», sagte er. «Erinnerst du dich noch?»

«Sicher.»

So ein Schlawiner. Weckte in mir eine Erinnerung, eine so schnell vergessene, die jetzt wieder auftauchte für einen Augenblick. Über zwanzig Jahre war es her. Ein Abend in meiner Bude. Er noch nichts, ich noch nichts. Unser Thema: Der aufsässige, unbequeme Prediger, dem soviel an den Menschen liegt und der so erfolgreich Hoffnung gepflanzt hatte. Nun fehlte nur noch eine Frage. Eigentlich hätte Lenz sie stellen müssen. Und das hätte mich vollends erschüttert.

«Hamp,» hätte er mich fragen müssen, «glaubst du, dass Christus Inserenten gefunden hätte?»

«Sehen wir uns nochmals?» fragte ich.

«Nein», sagte er. «Später vielleicht.»

«Und Pat?» fragte ich.

«Ich weiss nicht. Sie macht sogar Leute wie dich erträglich, seltsam, nicht wahr?» lächelte er. «Mach's gut!»

Dann liess er mich stehen. Und ich blieb stehen. Er ging nochmals hinauf in sein Büro. Wir haben uns nie mehr gesehen, bis er am Abend, bevor Pat starb, noch einmal zu mir kam. In der Redaktion hinterliess er ein ausgeräumtes Pult, verunsicherte Leser, wütende Inserenten, einen ratlosen Verleger und mich, seinen Nachfolger.

«Wie geht es ihm?» fragte mich Herr Hercog einmal.

Ich sagte ihm, dass ich keine Ahnung habe.

«Schon gut», entschuldigte sich der liebenswürdige alte Herr. «Er hat es nicht leicht gehabt mit uns. War er enttäuscht?»

«Er war unglücklich».

Der Gemeinderat hat den Skandal um die Lagunenstrasse auf seine Art bestätigt. Er hat den Verkauf der Strasse zwar missbilligt, ihn im gleichen Atemzug aber anerkannt. Ein versöhnlicher Kompromiss ist geschlossen worden. Die Constructor hat sich verpflichtet, hoch über den Büros einige Wohnungen zu günstigen Preisen in ihre Überbauung einzuplanen.

Die Abtreibung in London ist gut verlaufen. Die Frau ist eine Woche später zurückgekehrt und ihr Mann hat sie am Flughafen abgeholt. Eine Woche später wurde er zu einer Zuchthausstrafe verurteilt und in eine psychiatrische Klinik eingeliefert.

Der Kommandant der Schweizer Garde in Rom hat mich besucht. Unsere Kolportage aus dem Vatikan hatte ihn nach Zürich getrieben. Wie ein heraufkommendes Gewitter hat er unsere Räume betreten. Seine dunklen Augen leuchteten, als er mir weissagte, Gott werde uns für diese Ungeheuerlichkeit bestrafen. Ich habe ihm nicht erzählt, dass Lenz seinen Job bereits aufgegeben hat. Der wackere Mann hätte unvermeidbar und triumphierend Gottes Fügung darin erblickt.

Die Häuser an der Lagunenstrasse sind abgerissen worden. Wir haben nicht mehr darüber berichtet.

Es ist klar, dass die Auflage an die Constructor, auch billige Wohnungen einzubauen, den Baubeginn verzögerte. Von Herrn Carl musste ich mir sagen lassen, dass es verständlich sei, wenn diese grosse Firma dennoch darauf bestand, die alten Häuser sofort abzubrechen. Die Studenten jedoch empfanden dies als mutwilligen Affront und verbarrikadierten die Eingänge der alten Liegenschaften. In einem kurzen Einsatz brach die Polizei den Widerstand, und die Bagger beendeten den Spuk der Auflehnung endgültig, rasch und gründlich.

Auflehnung? Sieger bleibt, wer die Macht hat und das Recht und die Unverfrorenheit, sich damit durchzusetzen.

Herr Leiser, der Schneider, ist mit seiner kranken Frau hinaus ins Grüne gezogen, und kein Student hat ihm dabei geholfen.

Und Pat? Sie lebte wie bisher mit Lenz zusammen, kündigte bei der ‹Schönen Welt› ; gab ihren sichern Job auf und mied mich. Erst einige Wochen vor ihrem Tod flackerte ihr Interesse an mir wieder auf.

Der bunte Schatten. Holland.

Bassano hatte mir interessiert zugehört.

«Ich habe mich nicht getäuscht. Sie haben ein Problem: Ihr Verhältnis zu Lenz.»

«Bekümmert Sie das?»

«Nein», sagte er ungerührt. «Aber — »

«Die Umstände waren gegen uns.»

«Und Pat?» fragte Bassano.

«Auch Pat war gegen uns.»

Bassano nahm Pats Bild wieder in seine rundlichen Hände und blickte in das lustige Gesicht. «Ich sehe Heiterkeit, Übermut, ein zugekniffenes Auge, im andern ein Strahlen, Haare, die fliegen, eine kleine Hand an der Sonnenbrille, schöne, schmale Lippen. Sie liebte das Leben, nicht wahr?»

«Ja.»

«Ist es vielleicht ihre Lebenslust, die in Männer hineinfährt wie Feuer in Stroh?»

Bassano redete in der Gegenwart, als ob Pat noch lebte. Eine Unaufmerksamkeit?

«Wie liebte sie?»

Sollte ich ihm den Gefallen tun? Ich war jetzt ruhiger. Ich hatte mich beruhigt. «Sie gibt Ihnen, wenn Sie ihr gefallen, ihre kleine Hand», sagte ich.

Bassano nickte bedächtig.

«Und sie gibt Ihnen später alles genau so selbstverständlich wie Ihre Hand. Sie fragt, will alles wissen, was man denkt, was man fühlt. Und sie erzählt fast alles, was sie erlebt hat.»

«Fast, nur fast alles?»

Wie sollte ich ihm darauf antworten.

«Lenz erfuhr von Pat nichts über die neue Romanze zwischen mir und ihr; ich erfuhr von ihr nie etwas von ihren Romanzen, die sie in Natal gehabt hatte.

«Wie liebte sie?» fragte Bassano nochmals.

Ich wich ihm wieder aus. «Sie liebte die Abwechslung», antwortete ich.

«Das weiss ich inzwischen». Bassano war widerwärtig hartnäckig. «Pat war anders als die meisten Frauen, nicht wahr?»

«Ja», bestätigte ich.

«Inwiefern?» wollte er wissen.

«Wissen Sie's nicht?» fragte ich, um Zeit zu gewinnen. Seine Frage war mir zuwider. Aber er wusste, dass ich reden würde, und wartete. Und ich redete. Wie in Trance. «Manche Frauen zerfliessen im Orgasmus oder schluchzen, keuchen, weinen, schreien. Pat nicht. Sie verlor kaum je die Fassung; manchmal geschah fast gar nichts — und doch alles: in einem Lächeln, das man nicht vergisst. Möglich, dass sie ihren Höhepunkt nur gelegentlich erreichte und nach einer gewissen Zeit mit dem gleichen Mann gar nicht mehr. Wie die meisten Frauen übrigens, die ich kenne. Wie wir alle, wenn wir ehrlich sind. Pat war ehrlich, und so lebte sie auch. Und sie war konsequent. ‹Man muss die Natur leben lassen›, sagte sie. Pat brauchte keinen Mann, sie brauchte die Männer.»

«Männer, die ihr Lächeln nicht vergessen konnten,» sagte Bassano.

«Gelegentlich einer konnte sie nicht vergessen und hat gehofft, dass sie bleiben oder zurückkommen werde. Hatten Sie sie vergessen?»

«Nein», gestand er. Dann fragte er, ob die Zeit mit Lenz Pat verändert habe.

«Sie hatte Angst, ihn zu verlieren. Aber verändert hat sie sich deswegen nicht. Vermutlich war sie ihm aber eine Spur treuer als andern Männern.»

«Hat Lenz das gewusst?»

«Das müssen Sie ihn selbst fragen. Ich weiss nur, dass er sich vorgenommen hatte, sie so zu lieben wie sie war.»

«Wann hat er Ihnen das gesagt?»

«Als er zu mir kam, am Abend bevor Pat starb.»

Bassano schaute mich wie durch einen Schleier hindurch an. «Ich komme über diesen Zufall nicht hinweg. Lenz hatte seinen Posten als Chefredaktor aufgegeben. Und Sie haben sich nie mehr gesehen.»

«Nein.»

«Sechs Monate lang.»

«Ungefähr, ja.»

Bassano gab sich einen Ruck. «Rekapitulieren wir! Sie haben Lenz nicht mehr gesehen und auch den Kontakt zu Pat verloren. Stimmts?»

«Ja.»

«Wie lange?»

«Bis nach Weihnachten. Pat und Lenz hatten sich eben getrennt. Sie kehrte in ihre Wohnung zurück. Trotzdem traf sie Lenz noch regelmässig. Sie hatten sich zwar getrennt, aber beide konnten nicht ganz Schluss machen, solange die Möglichkeit bestand, sich zu treffen. An einem Abend nach Weihnachen fragte Pat mich: ‹Kommst du zu mir? Chris ist verreist. Ich will nicht allein sein.› Sie war unglücklich. ‹Ich glaube, ich habe mein Konto da oben überzogen› , gestand sie.»

In dieser Nacht steckten Sie die Fotografie des hübschen, jungen Mannes zu den andern Bildern dort an der Wand», rekapitulierte Bassano. «Wenn Sie wüssten, wie mir das zu schaffen macht, dass Sie nicht wissen, wer er ist.»

«Warum sollte ich ihn kennen? Es gibt vermutlich noch eine ganze Reihe von Liebhabern dieser Art, Gefährten einer Nacht, Trophäen einer Reise,» sagte ich. «Kennen Sie alle?»

«Nein, natürlich nicht. Aber von diesem Mann mit dem Amulett habe ich ein Bild. Und Sie haben es in Ihrer Hand gehabt. Trotzdem wissen Sie nicht, wer er war — wer er ist», korrigierte er sich. «Ich verstehe das nicht.»

Jetzt war ich wieder hellwach und wieder spürte ich, wie Bassano versuchte, meine Gedanken zu lesen.

Er sagte: «Wissen Sie, es ist sonst nicht meine Art, ich meine, ich will Sie ja nicht ausquetschen, verstehen Sie. Ich komme nur einfach nicht weiter, und ich hoffte, Sie könnten mir helfen. Er seufzte.

Vielleicht will ich diesen Fall gar nicht mehr aufklären. Habe ich denn noch eine Chance? Aber es gibt da noch ein ganz anderes Rätsel.»

«Welches Rätsel?» wollte ich wissen.

«Das Rätsel von Pats Leben. Warum musste sie sterben? Hatte sie den Tod gesucht?»

«Sicher nicht.»

«Vielleicht doch.»

«Warum denn?»

«Weil sie in einem elementaren Sinn unglücklich war.»

«Das glaube ich nicht.»

«Sie war auf der Suche. Doch was suchte sie? Keiner half ihr dabei, keiner hat sie verstanden, keiner, der ihr wichtig genug war. Ich wünschte...»

«Was wünschen Sie?»

«Dass sie noch lebte. So ein Unsinn!» unterbrach sich Bassano. «Kehren wir zurück in die Wirklichkeit. Zum Zufall. Lenz besuchte Sie also am Abend des Mordes. Warum?»

«Wissen Sie das nicht?»

«Ich weiss nur, was Lenz mir erzählt hat.»

Warum bloss wollte er alles doppelt wissen! «Zweifeln Sie an seiner Aussage?»

«Nein. Aber vielleicht hat er mir nicht alles gesagt. Wie lange waren Sie an jenem Abend zusammen?»

«Leo Bassano, der Untersuchungsrichter, der nicht locker lässt», spottete ich. «Vier Stunden war Lenz bei mir gewesen. Etwa um zwei Uhr in der

Früh verliess er mich dann. Das haben Sie schriftlich in Ihren Akten, von mir unterschrieben.»

«Es ist das Alibi, ein Alibi für euch beide, für Lenz und für Sie. Das habe ich nicht vergessen.»

«Warum geben Sie nicht auf?» fragte ich fast höhnisch. Ich hielt seinem Blick jetzt mühelos stand. Seine schwarzen Augen beunruhigten mich nicht mehr.

«Worüber haben Sie mit Lenz gesprochen?» fragte Bassano.

«Ob Sie es glauben oder nicht, Lenz war zu mir gekommen, um mich zu fragen, wie man sowas macht: sich zu trennen, ohne dass man daran zugrunde geht.»

Sein Problem war unlösbar geworden. Er liebte Pat, obwohl er sie nicht mehr hätte lieben dürfen. Er hatte sie verlassen, nicht zum Teufel geschickt wie ich, sondern in Freundschaft verlassen, und er merkte von diesem Tag an, dass es ihm nichts half. Er war ihr verfallen so wie ich auch. Nur: Im Unterschied zu mir war er nicht dazu fähig, sich zu arrangieren. Die Trennung war richtig, da war er Realist. Sie war aber auch falsch, denn er konnte auf Pats Nähe nicht verzichten.»

«War er verzweifelt?» fragte Bassano.

«Ja. Und er war verwundert. ‹Das habe ich noch nie erlebt›, sagte er. ‹Wie ist das nur möglich?› Dann begann er zu erzählen. Er wusste viel.»

«Auch über Sie und Pat?»

Ich nickte und berichtete jetzt Bassano alles, woran ich mich erinnerte.

Lenz sagte zu mir: «Ich kannte Pat ja. Ich wusste, wie sie gelebt hat, und ich liebte sie ganz bedingungslos. Aber dann spürte ich, dass sie mir treu war. Und das war wunderbar.»

Er gewöhnte sich daran. Und als er dann merkte, dass dieses Wunder nur wie ein Sommer war, der vorüber geht, wollte er es nicht wahrhaben. Pat hatte ihn nie glauben gemacht, dass sie ihm treu sei, aber er hatte plötzlich nur den einen Wunsch, dass sie's wäre.

«Ja,» sagte Bassano. «Das hat er mir erzählt. Um sicher zu gehen, stellte er ihr Fragen. Hat sie ihn belogen?»

«Am Anfang nicht, nein. Sie sagte ihm zum Beispiel: ‹Ich bin noch keinem Mann so treu gewesen wie dir.› Das war ehrlich, aber auch raffiniert. Lenz hielt dieses Kompliment für ein Bekenntnis ihrer Treue. Doch was sie tatsächlich sagte, verdrängte er.»

«Er liess die Wahrheit nicht mehr gelten. War es so?» fragte Bassano.

«Ja. Er spürte, dass sie ihn betrog. Er wusste nicht wie oft, er wusste nicht mit wem. Er spürte nur, dass es so war. Und er verdrängte dieses Wissen Mal für Mal. Sie machte ihn sogar ungefragt darauf aufmerksam, dass sie ihm nicht treu war. Als sie von einer Reportage zurückgekehrt war, gestand sie Lenz, dass sie einen abenteuerlichen Franzosen kennengelernt hatte, einen Ingenieur, der für eine Erdölgesellschaft arbeitete. ‹Er hat alles, was eine Frau fasziniert. Nur nichts Erotisches.› Etwas Ähnliches hatte sie auch einmal zu mir gesagt. Sie meinte damit: Ich habe mit ihm geschlafen, aber ich habe mich nicht in ihn verliebt. Lenz erzählte mir auch, wie er Pat einmal — sie war wieder irgendwo im Ausland — am Telefon gefragt hatte, ob Sie ihm treu sei. ‹Du weisst, wie das ist mit Telefongesprächen. Man hört nicht nur Worte. Es dauerte eine Ewigkeit, bis sie ja sagte. Aber diese Pause verdrängte ich sofort und hielt mich nur an ihr Ja. Sinnlos, nicht wahr, zu fragen und die Antwort zu missachten? Ich baute da etwas auf in mir, worüber ich keine Kontrolle hatte. Es lag im Schatten, war unsichtbar und doch so bunt wie der Hund, den's nicht gibt. Ich lebte wie mit einer Krankheit, die man noch nicht kennt.› Er erzählte mir auch, dass er von Briefen träumte, die er dann überall suchte. Und einmal fand er Pats Wagen vor einem Hotel ausserhalb Zürichs.»

«War das der Schluss?» fragte Bassano.

«Nein, noch nicht. Er sagte ihr daraufhin nur, dass es besser wäre, wenn sie in ihre eigene Wohnung zurückkehren würde. Sie war sofort damit einverstanden. Das war schlimm für Lenz. Er hatte den Vorschlag ja nur gemacht, weil er von Pat hören wollte, dass sie bei ihm bleiben möchte. Er wollte sie nicht verlieren.»

«Illusionen!» meinte Bassano. «Er hatte sie längst verloren.»

«Lenz ist nicht zu mir gekommen, um sich einen Rat zu holen. Er kam, weil er reden musste, reden,

reden, reden, als ob er mit Reden alles herausschwemmen könnte, was sich in ihm angesammelt hatte. Alles was er verdrängt hatte, kam ihm jetzt hoch. Der Schatten spie Bilder aus, immer wieder. Er sah Pat in einem Raum mit einem anderen. Der andere, der ihm glich, lächelte: ‹Wenn es dir nicht passt, verreis! Hau ab!› Im Traum besuchte er Pat in ihrer Wohnung, wollte sie abholen. Sie sagte ihm, dass sie bereits eine Verabredung habe. Da zertrümmerte er ihr mit einer Konservenbüchse, die er plötzlich in der Hand hielt, einen Fuss. Als er die Büchse vom Boden aufhob, sah er, dass sie leer war und Pats Fuss gar nicht verletzt. Und er träumte von Briefen, immer wieder träumte er von Briefen.»

Bassano nickte. «Von Briefen, die er gesucht und auch gefunden hat, nicht wahr?»

«Ja. Pat hatte sie auf ihrer Schreibmaschine geschrieben und Kopien davon behalten.»

«Es waren Liebesbriefe.»

«Lenz meinte, ja. Aber sie sagte ihm, es wäre nur Poesie.»

«Glaubte er ihr?»

«Ich habe ihn nicht gefragt.»

«Ich habe diese Briefe auch gefunden», sagte Bassano. «Es könnte wahr sein, was sie Lenz gesagt hat. Sie waren alle an den gleichen Mann gerichtet. Georg, das gelbe Dossier, bitte.»

Bassano nahm die erste Briefkopie in die Hand und las vor: «Liebster, verzeih mir, dass ich Dich verlassen habe. Ich mache mir Vorwürfe und ich bin verzweifelt. Ich möchte so gerne Deinen Traum mit Dir verwirklichen und das Abenteuer, von dem Du immer wieder gesprochen hast, an Deiner Seite bestehen. Aber ich muss Geld verdienen, arbeiten. Ich vermisse Dich, ich vermisse die Wärme der Menschen Natals und auch seine Sonne.»

Bassano legte das Blatt zurück. «Sie erhielt Antwort und sie schrieb zurück. Alle Briefe handeln von diesem Abenteuer, aber in keinem ist zu lesen, was die beiden darunter verstanden. Es war Poesie, Hoffnung. Im letzten Brief allerdings schrieb sie: ‹Ich komme, ich komme zurück.› Sie nannte sogar ein Datum für ihre Ankunft. Das war kein blosser Traum mehr. Wissen Sie, an wen Pat diese Briefe geschrieben hat?» fragte mich Bassano.

«Lenz hat mir einen Namen genannt. Holland, Hans Holland. Stimmt's?» fragte ich.

«Mehr wissen Sie nicht?»

«Doch. Holland lebt in Redna Green. Irgendwo an einem Strand, in einer Hütte, im Norden Natals.»

«Ist das alles?»

«Nein. Pat lernte ihn kennen, während ich hier auf sie wartete und den Clo-Zettelbrief erhielt mit der Nachricht, sie sei auf der Flucht, und der Bitte, ihre Steuern zu bezahlen.»

«Ja, damals lernte sie ihn kennen. Holland war Pats letzte kurze Liebe, bevor sie zurückkehrte — zu Ihnen. Hat sie je mit Ihnen darüber gesprochen?»

«Nein, nie.»

«Was Sie wissen, hat Ihnen Lenz erzählt?»

«Ja.»

«In der Nacht, bevor Pat starb?»

«Ja, zum Teufel. Lenz tröstete sich damit, dass Pat auch mich betrogen hatte.»

Bassano hatte mich wieder in der Hand. Meine Ruhe war weg. Er lächelte.

«Kennen Sie den Mann mit dem Amulett wirklich nicht?» Und ganz leise fügte er hinzu: «Sie wissen nicht, wer er ist?»

Natürlich kannte ich seinen Namen, aber das wollte ich nicht verraten. Ich hatte meine Gründe.

«Nein» sagte ich. «Ich kenne nur das Foto. Seinen Namen weiss ich nicht.» Als ob ich raten müsste, fragte ich nach einer Weile: «Holland?»

Bassano schwieg.

Das Alibi

«Um zwei Uhr nachts hat Lenz Sie also wieder verlassen», sagte Bassano wie zu sich selbst.

«Es war etwa zwei Uhr, ja.«

«Georg, das nächste Dossier bitte.»

Georg hielt es bereits in der Hand.

Bassano öffnete die weisse Mappe. «Ich lese Ihnen jetzt nochmals vor, was Sie in der Mordnacht ausgesagt und einen Tag später unterschrieben haben.»

Bassano überflog den kurzen Text. Mir schien, als ob er sich beherrschen müsste. Hatte er Lunte gerochen? «Lesen Sie selbst», sagte er dann und schob mir das Blatt zu. Was sollte das nun wieder? Ich wusste doch, was ich unterschrieben hatte: «Der Zeuge sagt aus, dass er den späten Abend des 15. Januar mit Herrn Christian Lenz verbracht hat, dass Herr Lenz ihn in seiner Wohnung am Asylweg 45 um zirka zehn Uhr abends aufgesucht und gegen zwei Uhr früh wieder verlassen hat. Gelesen und bestätigt: Hans Peter Baum.»

«Bleiben Sie dabei?» fragte Bassano.

«Ja.»

«In jener Nacht erhielt die Polizei kurz vor zwei Uhr die Meldung, dass in der Wohnung Radarstrasse 3 eine tote Frau liege. Ein Unbekannter hatte den Auskunftsdienst angerufen, nicht die Polizei, und darum gebeten, seine Meldung weiterzuleiten. Die Telefonistin wollte den Mann, der seinen Namen nicht genannt hatte, mit der Polizei verbinden, aber der Anrufer hatte bereits aufgehängt. Vierzig Minuten später traf ich am Tatort ein. Die Kriminalpolizei war schon da. Da lag eine Frau am Boden, mit Jeans und einer beigen Bluse bekleidet, die Arme ans Haar geschmiegt, ein Knie leicht angezogen, als ob sie schlafen würde. Pat. Ich erkannte sie sofort wieder. Ein ausserordentlich hübscher, brauner Hund mit schwarzen, unendlich traurigen Augen setzte sich neben meinen Fuss und schaute zu mir hinauf. Dann legte er sich wieder hin und kuschelte seinen Kopf an den toten Körper der kleinen Pat. Neben ihrer linken Hand lag der Telefonhörer. Der Apparat stand auf einem niedrigen Tischchen, vor dem sie zusammengebrochen war. Der Schuss, der Patricia getötet hatte, war aus drei bis vier Metern Entfernung frontal abgefeuert worden. Er hatte ihr Herz gestreift und die Brust durchschlagen. Das Geschoss steckte in der Wand hinter dem Telefon. Wen hatte Pat noch zu erreichen versucht? War es ihr noch gelungen, eine Verbindung herzustellen, bevor sie starb?

Sie hatte einen Telefonappart mit einem Nummernspeicher. Solche Apparate speichern 20 Telefonnummern und halten darüber hinaus die zuletzt gewählte Nummer fest. Ich brauchte also nur die dafür vorgesehene Taste mit dem Stern zu drücken, um zu wissen, wem ihr letzter Anruf gegolten und ob sie überhaupt jemanden erreicht hatte. Ich legte den Hörer auf, drückte auf die Taste und wartete. Wer würde sich melden? Es war die Aufsicht, die Nummer 116. Warum hatte Pat 116 eingestellt? Diese Frage beschäftigt mich bis heute. Nummer 117 wäre die Polizei gewesen. Hatte sie sich verwählt?

Die einzige gespeicherte Nummer führte uns zu Herrn Lenz. Ich versuchte, die Verbindung mit ihm herzustellen, aber niemand nahm ab. Ein Spezialist ermittelte Nummer, Name und Adresse. Als wir in der Wohnung ankamen, war Lenz da, noch angekleidet. Es war 3 Uhr 25. Ich bat ihn um ein paar Auskünfte. Er fragte, weshalb. Ich nannte ihm den Grund. Er wollte nicht glauben, er konnte nicht glauben, dass Patricia ermordet worden war. Er erzählte mir, dass sie sich getrennt hätten. Er brach nicht zusammen. Er war nur erstaunt. Ich fragte ihn, wo er gewesen sei. Er sagte, bei Hamp, bei Ihnen also. Er wusste nicht wie lange. Wörtlich sagte er aus: Ich kann nicht genau sagen, wann ich Herrn Baum verlassen habe. Wir haben über Pat und über mich geredet, und im Anschluss daran fuhr ich rund um den See. Auf dieser Fahrt versuchte ich, mich zu entscheiden. Sollte ich Pat bitten, wieder zu mir zurückzukommen, oder sollte ich sie tatsächlich für immer verlassen? Unterwegs hielt ich an, weil ich müde war. Ich sah auf den See hinaus, hörte Musik. Wie spät es war, weiss ich nicht. Etwa fünf Minuten nach meiner Rückkehr erhielt ich den Besuch des Untersuchungsrichters Dr. Bassano. Gelesen und bestätigt: Christian

Lenz.»

Bassano schaute mich wieder an. «Ich bin dann zu Ihnen gefahren. Sie hatten bereits geschlafen, das konnte ich feststellen. Und Sie bestätigten, dass Lenz bei Ihnen gewesen war. Auf meine Frage, wann er Sie verlassen habe, sagten Sie aus: ‹So ungefähr um zwei Uhr vermutlich.› Dann fragten Sie: ‹Ist was passiert?› Ich schwieg. Sie bohrten weiter, ich müsste doch einen Grund haben, Sie mitten in der Nacht zu besuchen, sagten Sie. Ich nickte. Und Sie fragten: ‹Ist was passiert mit Lenz?› Ich sagte, nein. Sie insistierten: ‹Wollen Sie mir den Grund nicht nennen?› Ich sagte nein und spürte, wie Ihre Spannung wuchs. Sie erwähnten Pat mit keinem Wort. Aber ich spürte Ihre Unruhe und Ihr Bemühen, nicht herauszuschreien, was Sie wussten.»

Ich lächelte ihn an. «Warum haben Sie mich nicht verhaftet, wenn Sie doch so sicher waren, dass ich über Pats Tod bereits informiert war?»

«Warum sollte ich Sie verhaften? Ich spürte, dass Sie von mir hören wollten, dass Pat tot sei. Aber ich bin wieder gegangen, ohne Ihnen zu sagen, welches der Grund meines Besuches gewesen war. Genau 23 Minuten später haben Sie Lenz angerufen und ihn gefragt, was los sei. Ich hatte einen Polizeibeamten bei Lenz zurückgelassen, um sicher zu sein, dass er nicht Kontakt mit Ihnen aufnimmt. Sie brauchten 23 Minuten Bedenkzeit, ehe Sie sich bei Lenz meldeten. Was haben Sie in diesen 23 Minuten gemacht? Bemühen Sie sich nicht! Ich will es Ihnen sagen: Sie haben überlegt, ob Sie sich erlauben könnten, Lenz anzurufen. Sie brauchten diese 23 Minuten zum Nachdenken, weil Sie keinen Fehler machen durften. Lenz sagte Ihnen am Telefon, dass Pat tot sei. Er sagte Ihnen auch, dass ich ihn gefragt hatte, bis wann er bei Ihnen gewesen sei. Sie sagten ihm: ‹Bis zwei Uhr.› Er aber hatte geantwortet, er habe keine Ahnung, er habe nicht auf die Uhr geschaut. Die 23 Minuten Bedenkzeit machen Sie verdächtig, Herr Baum», sagte Bassano sehr ruhig, sehr ernst.

«Und?»

«Das ist alles».

«Und das macht Sie traurig?» fragte ich.

Bassano seufzte.

«Ja. Auch die genaue Durchsuchung von Pats Wohnung brachte uns nicht weiter. Ich fand zwar viele Hinweise auf Männer und Frauen. Fotos in Kisten und Schachteln, die Fotosammlung an der Wand, Briefe, Namen in einem Telefonverzeichnis, ein altes Tagebuch. Eine Spur zum Mörder aber fanden wir nicht. Ich habe hundert Personen befragt oder befragen lassen und ebensoviele Alibis überprüft. Wenn uns nicht ein Zufall weiterhilft, werde ich diesen Fall nicht lösen. Pat ist etwa um 1 Uhr 30 gestorben. In ihrer rechten Handfläche bemerkte der Gerichtsmediziner zwei Wunden, kleine Schnitte, sechs Milimeter auseinanderliegend. Wodurch diese Wunden verursacht wurden, wissen wir nicht.»

Bassano schloss die weisse Akte und schob sie

zur Seite. «Was ich an Ihnen bewundere, ist Ihre Ehrlichkeit», sagte er dann. «Als einziger waren Sie nicht fähig, an Pats Beerdigung teilzunehmen. Als einziger, der Pat geliebt hat und hier lebt. Was mich erschreckt, ist die Kaltblütigkeit, mit der sie diese wunderbare Frau erschossen haben.»

«War sie so wunderbar?» fragte ich. «Sie brauchte ihre Männer, neue Haut, neue Temperamente, Situationen. Was ist daran so wunderbar?»

«Es waren Stationen im Leben einer Frau, die auf diese Welt gekommen ist, um sie zu entdecken. Ihre Neugier, ihre Reisen, Rio Natal, Redna Green, ihre Sehnsucht nach menschlicher Wärme, ihren ungestillten Durst — ich wünschte, ich hätte eine solche Frau an meiner Seite. Zu wissen, dass sie immer wieder zurückkehren wird, wäre das nicht den Preis wert, sie ihr Leben leben zu lassen, ihr die Freiheit nicht zu nehmen? Pat ist zu Ihnen zurückgekehrt, und sie ist auch zu Lenz zurückgekehrt. Aber beide konnten sie damit nichts anfangen.»

«Sie haben nie mit ihr zusammengelebt.»

«War das so schwierig?»

«Ja. Was meinen Sie, war der Grund, der ihr das sichere Gefühl gab, mit Lenz zusammenleben zu wollen? Nur Liebe? Nein. Sie wussten, dass er ein Mann mit Geduld ist. Er ertrug es, wenn sie nicht nach Hause kam, obwohl er gekocht hatte; er ertrug es, wenn sie sagte: ‹Ich sag dir dann schon, wann ich Liebe machen will.› Wie hatte sie gesagt? ‹Mit ihm möchte ich alt werden.› »

«Ist das nicht die allerschönste Liebeserklärung, die eine Frau machen kann?»

«Sicher. Aber Pat war nicht ehrlich dabei. Sie hätte sagen müssen: ‹Ich ruf dich in 15 Jahren wieder an.› Das wäre ehrlich gewesen.»

«War es wirklich so schwierig, mit ihr zusammenzuleben?»

«Ich glaube nicht, dass es jenen Mann gibt, der es gekonnt hätte. Auch Sie nicht, Giuseppe Leo Bassano.»

Er schwieg.

«Die einzige Möglichkeit, sie zu lieben und nicht kaputt zu gehen, war, auf sie zu verzichten. Jeden, der sich nicht daran hielt, hat sie vernichtet. Jeden auf seine Art. Mich, indem sie mich dazu brachte, mich zu arrangieren. Ich wurde einer ihrer Geliebten. Wenn sie mich zu sich rief, ging ich. Wenn ich Sehnsucht hatte, mich mit ihr verabreden wollte, sagte sie: ‹Ich ruf dich an!› Also wartete ich . . .»

«Vergeblich natürlich,» lächelte Bassano.

«Vergeblich», bestätigte ich.

«Und Lenz?» fragte er.

«Er glaubte an ihre Treue. Sie können jetzt fragen: Wie kann ein Mann nur so blöd sein?»

«Ja, das frage ich mich wirklich: Wie kann ein Mann so blöd sein! Sowas darf man doch nicht erwarten. Es kann geschehen. Umso schöner! Alles andere ist Egoismus. Und dieser verdammte Egoismus eines Mannes hat Pat das Leben gekostet.»

Ich schwieg. Bassano hatte mich geschafft.

«Ist es nicht so?» bohrte er.

«Sie haben es leichter, als wir es hatten: Sie lieben sie, ohne sie wirklich erlebt zu haben.»

«Sie war schön, lustig. Wie haben Sie gesagt? Sie gibt dir die Hand, wenn sie dich liebt. Und sie gibt dir später alles so selbstverständlich wie ihre Hand. Stimmt's? Sie wollte alles wissen; was du denkst, wie du fühlst. Sie war eine zauberhafte Frau. Das haben Sie selber gesagt. Erinnern Sie sich?»

«Es gibt noch eine andere Pat, die alles überdeckt, was man sonst von ihr sagen kann. Und so leid es mir tut, dies ist ihr wahres Bild: Pat in den Armen eines anderen Mannes. Er muss nicht schön, nicht jung sein, aber er muss ein Anderer sein, immer wieder ein anderer.»

«Ja, das kann ich mir vorstellen. Immer wieder ein anderer, weil keiner sie verstand», erwiderte Bassano.

Zauberhafte Pat

Ich schloss die Augen und sah Pat rittlings auf diesem andern sitzend, wie sie sich liebend vorbeugte und ihre Hände behutsam zwischen Arme und Brust des Geliebten legte. Ich sah, wie ihre Haare übers ganze Gesicht fielen, wie ihr Atmen stärker und mit jeder Bewegung schneller wurde, während sie wie auf sanften Wellen zuerst, dann wilder, sich und den Geliebten heranführte an den Rand des Glücks.

Und der Geliebte sieht durch ihre lockigen Haaresträhnen hindurch, die hin- und herfliegen ihr Gesicht, in dem alles, was sie fühlt, sich bricht wie Licht im Diamant.

Und er sieht, selber ergriffen von tobender Lust, ihr Lächeln, das nicht zu enden scheint und immer inniger wird, während die Wellen der Wonne nochmals anwachsen, bis die Wollust mit solcher Gewalt in alle ihre Sinne einbricht, dass Pat sich aufbäumt und in einem langen, innig verzauberten, leisen Schrei alles vergisst...

Dann wie ein Staunen ein Seufzer, und ein Lächeln schliesslich, das sagt: «Ich bin wieder da.» Zauberhafte Pat!

Wie ein Kind so glücklich neigt sie dann ihren ganzen kleinen Körper hinab, den Geliebten wieder umarmend, ihm in die Haare greifend, ihn in den

Hals beissend und hineinsinkend in seinen Leib, ihn liebend, geschüttelt von quirligen Nachwonnen, wenn eine Bewegung sie nochmals kurz heranführt an jene tiefe Mitte, in die sie eine unendliche Sekunde lang zu stürzen glaubte. So liebte sie. Zauberhafte Pat? Es war fatal, zu wissen wie sie liebt.

«Ich kann mir vorstellen, weshalb Sie Pat umgebracht haben,» hörte ich Bassano sagen, «aber Ihr Glück, dass alles, was Sie hätte überführen können, nicht greift, übersteigt mein Vorstellungsvermögen.»

Ich hatte die Augen noch geschlossen. «Warum lassen Sie nicht locker? Warum, zum Teufel, wollen Sie mich überführen? Glauben Sie wirklich, dass ich es war?»

«Warum haben Sie Pat umgebracht?» fragte Bassano noch einmal.

«Sie langweilen mich», fuhr ich ihn an.

«Wo ist die Waffe?» schrie er.

«Sie tun mir leid», spottete ich. «Warum haben Sie meine Wohnung nicht durchsucht?»

«Liegt sie denn dort?» fragte er jetzt ebenfalls spöttisch.

«Nein», grinste ich.

«Eben.»

«Aber vielleicht habe ich den Revolver in meinem Büro versteckt oder im «Hundertneunzehn», dem besten Versteck für gestohlenes Geld, Mordwaffen und dergleichen», höhnte ich.

Hinter mir hörte ich Georg hüsteln.

«Das ist unsere Gerümpelkammer auf der Redaktion. Da liegen unsere Akten. Nie hat sie jemand ausgeräumt. Ein halbes Jahrhundert Zeitungs- und Zeitgeschichte liegt dort in Hunderten von Schachteln, übereinander und hintereinander gestapelt. Vielleicht habe ich sie dort versteckt, die Mordwaffe. Wollen Sie nicht nachsehen?» spottete ich. Aber Bassano hatte mir gar nicht mehr zugehört. Er hatte kurz zu Georg geblickt, vermutlich, weil dieser meine Aussage in die Maschine tippte, und sass jetzt, ganz in Gedanken versunken in seinem Bürosessel.

«Sie wissen gar nichts», sagte ich.

«Meinen Sie?» fragte er leise.

«Soll ich Ihnen weiterhelfen?»

«Nein, danke», antwortete er verächtlich. «Ich helfe mir selbst.»

«Na dann, viel Spass!»

«Sie haben mir noch immer nicht geantwortet», fuhr Bassano mich plötzlich wieder an.

«Sie meinen, weshalb ich nicht an Pats Begräbnis war? Meinen Sie das?» Kaum hatte ich's gesagt, merkte ich, dass er mich überlistet hatte.

Er lächelte. «Ja», sagte er sanft. «Diese Frage traf ins Schwarze, nicht wahr? Fürchteten Sie nicht, sich durch Ihre Abwesenheit zu verraten?»

«Erwarten Sie eine Antwort?»

«Nein, ich weiss, dass ich keine Antwort erwarten darf, die Sie belastet.»

Ich sagte nichts, ganz einfach nichts, bis die Pause unerträglich wurde. Ich sah ihn ein, den verheerenden Fehler, den ich gemacht hatte.

Samy hatte mich damals gefragt: «Kommst du?» Aber ich konnte nicht.

Bassano wusste das. «Sie konnten nicht. Sie haben gesagt: ‹Nein, ich kann nicht!› War es so?» fragte er.

Samy musste es ihm berichtet haben. «Ja», gestand ich. «Das habe ich nicht nur gesagt, so war es auch: Ich konnte nicht an Pats Begräbnis gehen.»

Er schwieg.

«Ist das so aussergewöhnlich?» fragte ich.

«Ja», antwortete er beinah freundlich. «Ausser Ihnen fehlte nur noch Herr Schim an der Beerdigung. Aber er war krank. Ich habe das überprüfen lassen. Nicht wahr, Sie wissen, wer Pat umgebracht hat.»

«Und Sie?»

«Ich weiss es auch. Aber vorläufig haben wir beide noch die Kraft zu schweigen. Aber wie lange noch? Einer von uns wird die Nerven verlieren. Sie. Dann wäre der Fall gelöst. Ich? Dann beginnt ein mühsames Verfahren; und die Chancen stehen schlecht für mich, gut für Sie. Können Sie schweigen?»

Ich schwieg.

«Machen wir Schluss», sagte er. «Gehen wir. Es ist spät.» Er stand auf. Ich blieb sitzen. «Was würden Sie sagen, wenn ich Sie jetzt zu einem Glas Wein einladen würde?» fragte er. «Oder wollen wir zusammen essen gehen?»

Ich muss ihn sehr erstaunt angeblickt und dann

weggesehen haben. Als ich ihn wieder anzusehen wagte, stand ein eigenartiges Lächeln in seinem Gesicht.

Ich schwieg, bis Bassano sich abwendete, und stand dann auf. «Ich würde Ihnen antworten, dass ich Sie eigentlich nicht mag», antwortete ich.

«Abgelehnt?» fragte er. «Schade.»

Irgendwie spürte ich, dass seine Einladung nicht spontan gewesen war. Was bezweckte er mit ihr? Es reizte mich, es herauszufinden. Also lenkte ich ein. «Kommt darauf an, wer bezahlt», sagte ich.

Bassano reagierte sofort: «Ich nehme die Einladung an.»

Ich überlegte mir, wohin ein Mordverdächtiger seinen Untersuchungsrichter richtigerweise ausführen sollte. «Wohin gehen wir?» fragte ich.

«Darf ich einen Vorschlag machen? Haben Sie einen Wagen bei sich?»

«Nein.»

«Gut. Dann fahre ich Sie hin, und Sie laden mich ein.»

Georg schaute Bassano ratlos an. «Ich weiss, Georg, natürlich! — Er muss immer wissen, wo ich bin. Das heisst: er will es wissen. Er lässt mir kein Privatleben, mein unersetzbarer Georg. Gut, lassen wir die Katze aus dem Sack. Wir gehen in die Kronenhalle. Die ist teuer, aber doch nicht so gut, dass ich immer selbst bezahlen möchte.» Er lachte übers ganze fleischige Gesicht. «Georg, Sie haben es gehört.»

Georg nickte.

Das Amulett

Bassano fuhr einen Wagen, der zu ihm passte; einen riesigen Strassenkreuzer, Marke Chevrolet, sieben Jahre alt, schwarz.

Er parkte die Limousine auf dem Trottoir gegenüber dem Restaurant direkt vor einem Schild, das Anhalten gestattet, Parkieren aber verbot.

«Wieviel bezahlen Sie, wenn Sie mit Ihrem Riesending unerlaubt parkieren? Die doppelte Busse?»

Er lachte. «Gar nichts. Ich bin im Dienst.»

Während wir die Strasse überquerten, fiel mir wieder auf, wic leicht er sich bewegte.

«Treiben Sie Sport?» fragte ich.

«Nein, seit Jahren nicht mehr. Aber ich wohne im fünften Stock, das hält fit.»

Der Chef de Service winkte ihm, kaum dass wir das Lokal betreten hatten, und führte uns an einen Vierertisch.

«Georg hat uns angemeldet», sagte Bassano. «Ein guter Mann, dieser Kriminalbeamte; klein, aber sehr gescheit und zuverlässig.»

Ich stellte fest, dass auch Bassano keinen Appetit hatte. Er konnte sich nicht entscheiden, was er essen sollte. «Ich nehme Kalbsleber», sagte ich.

«Mit Rösti, ja. Und Salat. Wissen Sie, wo ich Salat kaufe? Nur noch in den kleinen, teuren

Quartierläden. Die grossen Lebensmittelkonzerne verkaufen Lumpenzeugs. Darüber sollten Sie mal was schreiben: was man uns alles als Salat verkauft. Es ist ein Skandal. Wenn man nicht frei wäre zu kaufen, wo man will, es wäre wirklich ein Skandal. Aber wir sind ja frei. Also ist es keiner, nicht war? Aber lassen wir dieses Thema! Reden wir wieder vom Wein!»

Wir hatten schon im Auto über Weinsorten gesprochen und so eine Gemeinsamkeit entdeckt. Wir mochten beide Burgunder aller Art und hatten deshalb einen Liter «Reserve du patron» bestellt.

Der Kellner brachte die Karaffe und zwei Burgunder Gläser und schenkte ein.

«Jeder Burgunder ist eine Überraschung. Immer wieder,» sagte Bassano. «Prost!»

«Prost!»

«Zufrieden?» fragte er nach dem ersten Schluck.

«Zufrieden.»

Das Licht der Lampe, die auf dem Tisch stand, warf ihren Schatten auf das weisse Tischtuch. Ein roter Schatten, irgendwie bunt, leuchtend lebendig, und verlockender noch als der Wein im Glas.

Bassano fragte: «Denken Sie wirklich, dass Pat leichtfertig gelebt hat?»

«Ja», sagte ich. «Leichtfertig und skrupellos.»

«Haben Sie darunter gelitten?»

«Nicht besonders.»

«Wäre es nicht möglich, dass Pat in der Liebe noch etwas ganz anderes gesucht hat als den Orgasmus, den Sie ihr ja doch nur halb zubilligen?»

«Sie bumste nur dafür, das garantiere ich Ihnen.»

«Ihre Beschreibung von Pat hat mich auf diese Frage gebracht, auch das Foto von ihr, das auf meinem Pult ist. Dieses Gesicht, das ich vor sechs Jahren zweimal gesehen hatte und das ich nicht vergessen kann! Ich bin sicher, dass Pat in ihren Abenteuern mehr suchte als blosses Vergnügen und auch mehr fand.»

«Mehr? Was denn?»

«Sie wollte Grenzen überschreiten oder hat es zumindest versucht.»

«Welche Grenzen?»

«Vielleicht versuchte sie ihr Leben lang in den Armen ihrer Geliebten jene Rückkehr zu vollziehen, die zu den schwierigsten Unterfangen des Menschen gehört und nur auf sehr abenteuerliche Weise überhaupt möglich ist. Die Rückkehr in den Zustand des Einsseins mit jener Gottheit, die alles Individuelle, unsere Nöte und Begierden, alle Pflichten, alles Unglück, alle Sorgen und sogar das Gefühl von Glück löscht — die alles, was wir als Leben empfinden, vergessen macht.»

«Sie haben zu viele Philosophen gelesen.»

«Vielleicht», räumte er ein. «Vielleicht. Trotzdem: Damit würde alles Persönliche wegfallen. Und es würde erklären, warum Pat immer wieder gesagt hat: ‹Ich tu ja nichts Böses›. Was kümmert's die Gottheit, unter welchen Umständen ein Mensch Kontakt mit ihr aufnimmt. Hauptsache, es gelingt ihm, oder er versucht es wenigstens.»

«Nehmen Sie es mir nicht übel, aber sie war eine Nymphomanin. Sie hat jedem von uns viel gegeben; aber sie hat jedem alles wieder genommen oder einen gezwungen, darauf zu verzichten, wenn sie es so wollte.»

Der Chef de Service war an unsern Tisch getreten. Erst hatte er mich ausreden lassen, dann sagte er: «Ein Anruf für Sie, Herr Doktor.»

«Nur kein neuer Mord jetzt», murmelte Bassano. Er stützte die Hände auf den Tisch und half so seinem schweren Körper, sich aufzurichten. Als ich ihn zum Gang, wo die Telefonkabinen stehen, schreiten sah, dachte ich: Ein Herkules. Empfindsam und voll Hinterlist.

Während er weg war, wurde unser Essen in zwei Kupferpfannen herangetragen.

«Es war Georg», entschuldigte sich Bassano, als er zurückkam. «Wissen Sie, er ist mir ja wirklich eine grosse Hilfe; aber manchmal übertrifft er mich noch mit seiner Phantasie. Und das bringt mich dann völlig durcheinander. Er hatte einen brillanten Einfall heute nachmittag. Aber weil Sie mich zum Essen eingeladen haben, konnte er mich nicht einweihen. Deshalb hat er jetzt telefoniert. Aber essen wir zuerst! Und warten wir auf Georg! Er kommt hierher.»

Was führte Bassano im Schilde?

Ich verzichtete auf die zweite Portion Leber mit Rösti.

«Nervös?» fragte Bassano.

«Ja», gestand ich ihm. Meine Ehrlichkeit erstaunte ihn, glaube ich.

«Vermutlich bin ich noch kribbliger als Sie», sagte er. Er legte Gabel und Messer quer auf den Teller, dann wischte er sich mit der grossen weissen Serviette den Mund ab. «Wir müssen ja nicht unbedingt auf Georg warten. Ich kann Ihnen sagen, weshalb er angerufen hat.»

«Hat er den Fall gelöst?»

«Warten wir's ab! Wissen Sie, Ihr dummer Spruch mit der Gerümpelkammer auf der Redaktion hat in Georgs Gehirn eigeschlagen wie ein Blitz. Wie war doch gleich die Nummer?»

«119», antwortete ich. «Was ist damit. Hat er den Raum durchsucht und einen Revolver gefunden?»

«Einen Revolver? Wieso Revolver?» fragte Bassano überrascht.

«Sie suchen doch die Mordwaffe.»

«Wer hat denn gesagt, dass es ein Revolver war?» fragte er.

«Pat wurde erschossen. Womit? Mit einer Pistole?» fragte ich.

«Nein», sagte er. «Mit einem Revolver. Sie haben es gesagt. Woher wussten Sie das?»

«Glück», sagte ich schnell. «Reines Glück. War es wirklich ein Revolver?»

«Ja. Aber das haben wir noch niemandem gesagt.»

«Da bringen Sie mich schön in Schwierigkeiten», sagte ich. Verdammt, er hatte mich mit seinem Geplauder doch tatsächlich wieder dazu gebracht, mich verdächtig zu machen.

Bassano hatte in den letzten Minuten den Eingang zum Restaurant nicht aus den Augen gelassen. Statt mir zu antworten, hob er jetzt die Hand und winkte Georg heran. Ich drehte mich um und sah den kleinen Kriminalbeamten auf uns zukommen. Er hatte seine graue Uniform abgelegt und trug einen blauen Blazer über grauen Hosen und ein hellblaues Hemd mit offenem Kragen. In der rechten Hand trug er eine dünne Aktenmappe.

«Setzen Sie sich zu uns, Georg», sagte Bassano.

Der Kriminalbeamte nickte, setzte sich und hielt die Aktenmappe mit beiden Händen auf seinem Schoss.

«Nehmen Sie ein Glas Wein?» fragte Bassano.

«Danke, nein», sagte Georg.

«Einen Kaffee?»

«Gerne.»

«Trinken Sie auch einen Kaffee?» wandte er sich dann an mich.

«Nein, danke.» Ich winkte den Kellner heran und bestellte Kaffee für Georg.

«Und Sie, nehmen Sie einen?» fragte ich Bassano.

«Nein», sagte er. «Georg, haben Sie das Dossier mitgebracht?»

Georg nickte und öffnete den Reissverschluss der Mappe. Er zog ein grünes, dünnes Dossier heraus und übergab es seinem Chef. Bassano schlug es auf und suchte ein Blatt heraus. «Da, da haben wir's», sagte er. «Eine Aussage von Lenz. Passen Sie gut auf, Herr Baum. Es geht um Ihr Alibi.»

«Ist es falsch?» lächelte ich.

«Hören Sie zu! Lenz hat uns seine Fahrt rund um den See minutiös beschrieben. Er hatte ein Rotlicht überfahren, daran erinnerte er sich und diese Anlage arbeitet nur bis ein Uhr früh, dann schaltet sie sich aus. Kapiert?» fragte er.

Das also war sein Trumpf. Aber warum spielte er ihn erst jetzt?

«Kapiert?» fragte Bassano nochmals.

«Kapiert», antwortete ich.

«Lenz hatte Sie also bereits vor ein Uhr verlassen und nicht erst um Zwei, wie Sie ausgesagt haben.»

«Seit wann wissen Sie das?» Ich musste ruhig bleiben, ganz ruhig.

«Dass Ihr Alibi falsch ist, dass Sie gelogen haben? Vom ersten Tag an wusste ich das.»

«Pech», sagte ich.

«Pech für Sie», meinte Bassano.

«Warum haben Sie mich nicht verhaftet?»

«Hätten Sie gestanden?»

«Was gestanden?»

«Dass Sie Pat umgebracht haben.»

Ich war froh, dass es soweit war. Ich hatte meine Chance verpasst, freiwillig preiszugeben, was ich seit der Nacht, in der Pat starb, mit mir herumtrug. Ich hatte beschlossen, zu schweigen, zu lügen, weil ich den Tod Pats als etwas Natürliches empfand.

«Ich habe Sie angelogen.»

Bassano sass da, als ob ihn mein Geständnis in keiner Weise beeindruckte.

Georg hingegen schaute mich triumphierend an. Seine Hände umfassten die blauverzierte Porzellantasse, die der Kellner eben vor ihn hingestellt hatte. Sein Gesicht verriet Befriedigung.

Ich brauchte nichts zu sagen, griff nur in meine Tasche und holte heraus, was ich wochenlang heimlich mit mir herumgetragen hatte: das Sonnenamulett, Hollands Sonnenamulett.

In meinem Glas war noch ein Rest von Wein. Sein Schatten färbte meinen Handrücken tiefrot. Ich drehte die Hand um und zeigte Bassano, was ich ihm so lange vorenthalten hatte.

Behutsam griff er nach dem Amulett, nahm es an sich und starrte es an: eine Sonne, zwei kleine Zacken und eine zerrissene Halskette aus Silber. Dann schloss er die Augen, ballte seine Hand, in der das Amulett jetzt lag, zur Faust und schwieg.

Ich hatte lautes Erstaunen erwartet, nicht dieses Schweigen.

Auch Georg sagte kein Wort. Er hielt noch immer die Kaffeetasse umfasst und blickte auf die Faust seines Chefs.

Als Bassano Augen und Faust wieder öffnete, schaute er mich noch immer nicht an, sondern blickte wieder nur auf das Amulett.

«Woher haben Sie das?» fragte er finster.

Ich musste weit ausholen, endlich alles berichten, aussagen, gestehen.

Die Schlinge. Die Nummer.

Da waren die Stunden mit Lenz, die ich nochmals zurückrufen musste, seinen Schmerz und seinen billigen Trost, dass Pat auch mich betrogen hatte.

Da war der Zettelbrief: «Bin auf der Flucht. Redna Green. Keine Zeit für Reportagen.» Beigefügt die Bitte Pats, die Steuern zu bezahlen. Erst von Lenz hatte ich erfahren, weshalb Pat damals mit ihrer Mutter aus Rio Natal geflohen und was in Redna Green dann geschehen war.

Die erste Geschichte, die Lenz mir erzählt hatte, handelte von Juan. Pat hatte mir einmal Fotos von ihm gezeigt und mir berichtet, dass sie mit ihm zusammengelebt hatte, damals als sie in Rio ein neues Leben anfangen wollte. Sie hatte mir auch erzählt, wie sie sich von Juan getrennt hatte, als der Amerikaner auftauchte, mit dem sie dann in die Staaten reiste.

Als sie im November des gleichen Jahres mit ihrer Mutter nach Rio zurückgekehrt war, rief sie Juan wieder an. Die beiden Frauen hatten lange eine Wohnung gesucht und keine gefunden. Juan wohnte noch immer bei seinen Eltern, und weil Platz genug da war, schlug er vor: «Kommt zu uns! Willst du?»

Pat wollte. Juan war glücklich, und Pat genoss

ihre zweite Romanze mit ihm, die nicht nur nützlich war. Juan war Automechaniker, kräftig, verliebt, ungestüm und zärtlich.

Ihre Mutter protestierte zwar, aber Pat beruhigte sie: «Juan ist schon in Ordnung, Mami.»

«Er ist brutal.»

«Nein, er ist lieb.»

«Ich bleibe nicht hier Pat, so nicht. Ich halte das nicht aus.»

«Du bist eifersüchtig.»

«Ich mache mir Sorgen.»

Pat lachte sie an. «Wir haben eine Wohnung, und ich habe ihn gern.»

Zwei Monate waren vergangen. Kleine Probleme stellten sich ein; ein Zuspätkommen, erste Langeweile, eine Uneinigkeit — wer könnte solches verhindern!

«Was ist los?» fragte Pats Mutter beunruhigt.

«Ach, nichts.»

«Du bist unruhig, Pat.»

«Lass mich!»

Probleme! Pats Mutter wollte nach Hause. Ihr gefiel Rio nicht mehr, und Pat litt. Sie wusste, was ihre Unrast bedeutete. Ein Nachmittag am Strand, ein kurzer Flirt, ein Orgasmus, taufrisch und nicht bereits abgenutzt, unbefriedigend wie mit Juan. Es war ja so einfach, das kleine Leiden zu beenden, denn sie wusste, dass die danach mit einem Gefühl von Freiheit zu Juan zurückkehren und das Gequengel ihrer Mutter wieder ertragen würde.

So war das und so blieb es. Aber Juan spürte,

was los war und stellte Pat zur Rede. Wie immer log sie, und sie beschloss, Juan zu verlassen.

Der Zufall wollte es, dass ein Bekannter, den Pat gelegentlich traf, ihr jetzt eine Wohnung anbot. Der Eigentümer, ein alleinstehender Regierungsbeamter, musste für einige Monate verreisen und war bereit, während seiner Abwesenheit die Wohnung den zwei Ausländerinnen zu überlassen. So kam es, dass die beiden Frauen ihre Adresse wechselten.

Juan, gekettet an die Erinnerung, die es ihm unmöglich machte, auf Pat zu verzichten, versuchte mit allen Mitteln, sie zurückzugewinnen. Als er einsah, dass alles verloren, wieder zu Ende war, betrank er sich in der Bar an der Ecke, wo er mit Pat jeweils stundenlang gesessen, wo beide ihre Verliebtheit gezeigt, mit Freunden geplaudert, gelacht und sich die Zeit vertrieben hatten. Da sass er jetzt allein unter seinen Freunden und schwor, Pat umzubringen.

Sie erfuhr es und holte sich Rat beim Bekannten, der ihr die Wohnung vermittelt hatte: «Was soll ich tun?»

Er sagte: «Geht zur Polizei!»

«Nein, das will ich nicht», sagte sie. Er fragte, ob sie sicher sei, dass Juan es ernst meine. Sie wusste, dass er einen Revolver gekauft hatte. Sein Bruder hatte Sie deswegen tagelang gesucht und ihr angeraten, Rio Natal zu verlassen.

«Ich könnte dir helfen», sagte der Bekannte. «Ich habe viele Beziehungen. Eine kleine Bemerkung — und er sitzt. Politisch verstehst du? Kein Problem. Aber er wird dich hassen. Willst du lange hierbleiben?»

«Ein paar Monate noch.»

«Ich kann es tun, wenn du willst. Ich mag diese eifersüchtigen Strotzer nicht. Bist du frei?» fragte er sie unmissverständlich.

«Kann ich's mir überlegen?» fragte sie.

«Überleg's dir», lächelte er. Er war zwanzig Jahre älter als Pat und lebte von Gewinnen, die im internationalen Währungsgeschäft zu machen möglich sind, sofern man über Informationen verfügt, die noch in keiner Zeitung stehen. Seine Informationsquelle war ein Minister, sein Erfolg allein eine Frage der Partnerschaft mit diesem einflussreichen Mann.

Es war spät geworden. Sie hatten zusammen gegessen und noch lange geplaudert. Dann brachte er sie in seinem Wagen nach Hause. Pat küsste ihn zum Abschied. Ein schneller Kuss auf die Wangen: «Ich gebe dir Bescheid!»

Sie überquerte die Strasse und als sie Juan dort stehen sah, war es bereits zu spät, ihm auszuweichen. Er lehnte an einem zerbeulten parkierten Auto, direkt vor dem Hauseingang zu ihrer neuen Wohnung.

Er sagte kein Wort, schaute sie nur an, eine Hand im offenen Hemd.

Heiter gestimmt hatte sie Lenz erzählt, was danach geschehen war: «Ich war wie gelähmt. Weisst du, was Angst ist? Ich weiss es.»

Aber sie hatte bewundernswert reagiert. «Juan», sagte sie, «Juan!» Er schaute sie verzweifelt an, und sie handelte ganz instinktiv. «Komm!»

Er nahm seine Hand aus dem Hemd, ergriff ihre beiden Hände und zog sie an sich.

«Er war stockbesoffen», hatte sie Lenz erzählt. «Und als er mich umarmte, spürte ich den Revolver, den er unterm Hemd versteckt hatte.»

Sie griff danach. «Parvoa!» sagte sie. «Kindskopf! Komm, bring mich nach Hause! Zu dir!»

Sie verbrachte dann die halbe Nacht mit Juan und verliess ihn, ohne zu lügen, mit einem zärtlichen: «Es war schön!»

Das hatte sie noch nie erlebt: mit einem Mann zu schlafen, der auf sie gewartet hatte, um sie vielleicht umzubringen. Eine wahnsinnige Nacht.

Am andern Tag überredete sie ihre Mutter zur Flucht.

Juan wartete am Abend vergeblich in der Bar an der Ecke, wo sie sich mit ihm verabredet hatte.

Georg hatte meiner Erzählung entgeistert zugehört. Bassano hatte wieder einen seiner stinkenden Stumpen angesteckt.

«Die beiden Frauen fuhren nach Redna Green», erzählte ich weiter. Dort begegnete Pat ihrem Schicksal, dem Mann mit dem Amulett.

«Ich habe Sie bis jetzt angelogen», gestand ich. «Denn ich kannte nicht nur sein Bild, ich wusste auch, wer er war: ein Deutscher, der nach der Trennung von seiner Frau, die er sehr geliebt hatte; nach einer Irrfahrt durch die halbe Welt in Redna

Green hängen geblieben war, in einem Paradies, wo er alles zu vergessen hoffte. Hans Holland. «Die Begegnung mit diesem Verlorenen an einem Strand im Norden Natals war für Pat ein Erlebnis, das mit einer Erinnerung verschmolz. Berger. Drogen. Es war, als ob ihr Mann aus dem Jenseits in ihr Leben zurückgekehrt wäre, denn auch Holland war süchtig. Ich weiss nicht, was sie ihm versprochen hatte, welche Hoffnungen sie in ihm weckte. Ich weiss nur, dass den beiden Frauen das Reisegeld ausging. Darauf verliessen sie Redna Green, sie verliessen Natal und kehrten in die Schweiz zurück.»

Bassano nickte, umwölkt vom grauen Rauch des Stumpens. «Aber diesen Verlorenen, wie Sie ihn nennen, diesen hübschen, noch jungen Mann mit dem Sonnenamulett am Hals, hat Pat nie vergessen. Nicht wahr? Sie hat ihm ein paar Mal geschrieben, und diese Briefe, deren Kopien sie aufbewahrt und die Lenz gefunden hatte, waren die Bestätigungen einer gemeinsamen Sehnsucht: in einem Abenteuer Ruhe, endlich Ruhe zu finden. Warum hat keiner sie verstanden? Nach der Trennung von Lenz wollte Pat zu Holland zurückkehren. Haben Sie sie deshalb umgebracht?»

Ich schüttelte nur den Kopf.

«Erzählen Sie weiter», sagte Bassano. «Wir werden ja sehen. Sie haben mir endlich dieses Amulett ausgehändigt. Nur der Mörder konnte es besitzen. Oder irre ich mich?»

Georg trank hastig einen Schluck Kaffee.

Ich gestand, was ich nicht mehr verschweigen konnte: dass ich in der Nacht des Mordes bei Pat gewesen war.

«Was Lenz mir damals erzählte, war nicht angenehm gewesen», begann ich. «Sein Trost, dass Pat auch mich betrogen hatte, verletzte mich. Es war eine billige Rache, auszuplaudern, was Pat in Rio getrieben hatte, während ich hier auf sie wartete: Die zweite Romanze mit Juan, die Morddrohung und wie Pat sie entschärft hatte. Schliesslich noch Holland, dem sie Briefe schrieb. Mir hatte sie nur Postkarten geschickt oder ein paar Worte auf einem Zettel wie: ‹Zahlst du meine Steuern?› Das alles lag zwar zwei Jahre zurück, aber ich war noch immer verwundbar. Irr?»

Bassano rührte sich nicht.

«Ich war bereits zu Bett gegangen. Plötzlich hatte ich, ich weiss nicht warum, das Bedürfnis, Pat zu sehen. Ich musste sie sehen. Also stand ich wieder auf und fuhr zu ihrer Wohnung. Ich erinnere mich nicht genau, nur daran, dass ich Pat am Boden liegen sah, eine Hand an ihrem Haar. Ich schrie: ‹Pat!› ergriff ihre Hand, hob ihren Kopf und sah, dass sie tot war. Ihre rechte Hand hielt das Amulett umklammert. Ich weiss nicht, weshalb ich es an mich nahm. Ich wusste nur, wer es getragen hatte: Holland, Hans Holland, dessen Bild ich nach Weihnachten zu den übrigen Fotos gesteckt hatte. Ich hatte sie nach ihm gefragt: ‹Wer ist das, ein neuer Liebhaber?› Und sie hatte geantwortet: ‹Nein, eine Liebe, eine alte Liebe. Vielleicht werde ich zu ihm zurückkehren.› »

Bassano schüttelte den Kopf. «Sie sind ein Narr», sagte er. «Oder tatsächlich ein Irrer.» Wieder schüttelte er den Kopf. «Aber ich tu Ihnen den Gefallen. Führen wir die Sache zu Ende, in Ihrem Sinn, so wie Sie es wollen.»

«Der Rest war Zufall», sagte ich. «Lenz hatte mich vor ein Uhr verlassen, aber er wusste nicht mehr, wie lange er bei mir gewesen war. Ich hatte gesagt, ungefähr bis zwei Uhr. Damit verschaffte ich mir ein Alibi und ich konnte Holland vor ihnen schützen.»

«Meinen Sie?» fragte Bassano kühl.

«Sind Sie noch immer nicht zufrieden?»

«Haben Sie den Auskunftsdienst benachrichtigt?»

«Ja.»

«Ganz schön raffiniert.»

«Danke. Habe ich mich damit strafbar gemacht?»

Bassano schaute mich verwundert an, als ob der Mitleid hätte.

«Kommt darauf an. Ein Mörder darf lügen, ein Zeuge darf nicht. Ich wusste, dass Sie mich belogen hatten und dass Sie mich weiter belügen würden, da war ich ganz sicher. Deshalb habe ich Sie als Auskunftsperson zu mir gebeten. Reine Bequemlichkeit also. Wären Sie als Zeuge vorgeladen worden, hätte ich Sie pausenlos darauf aufmerksam machen müssen, dass Sie verpflichtet sind, die Wahrheit zu sagen, nichts als die Wahrheit. Und ich hätte gar nichts erfahren.»

Ich blickte ihn schuldbewusst an. «Gut», sagte ich, «ich habe ihre Arbeit behindert. Jetzt bin ich bereit, die Folgen zu tragen. Ich wollte den Mörder Pats schützen, weil er mir sympathisch war.»

«Gut? Gut, nennen Sie das?»

«Denken Sie, was Sie wollen. Mehr kann ich nicht tun. Sie haben den Täter. Und er tut mir leid. Was wollen Sie sonst noch wissen?»

«Seinen Namen zum Beispiel», sagte Bassano schnell.

«Habe ich ihn nicht genannt?»

«Nein.»

Ich blickte ihm fassungslos in die Augen.

«Holland?» fragte Bassano. Er lächelte mich an. «Nein, Holland ist nicht Pats Mörder. Holland bestimmt nicht.»

«Sie glauben mir nicht?»

«Was soll ich Ihnen glauben?»

«Ich fand sein Amulett in Pats Hand. Sie hatte das Amulett Hollands in der Hand. Vielleicht hat sie sich gewehrt? Oder sie hat ihn angefleht, sein Amulett angefasst und . . .»

Bassano schwieg. Er schwieg solange, bis ich fragte: «Wer soll es den sonst gewesen sein?»

«Sie könnten es gewesen sein», antwortete er leise.

«Hätte ich Ihnen dieses Amulett ausgehändigt, wenn ich der Mörder wäre?» wehrte ich mich.

Bassano nahm keine Notiz von meinem Protest. «Lenz hatte ausgesagt, dass er an dem Abend, an dem Pat starb, einen Freund besucht habe.» Bassano betonte jedes Wort: «Sie sind sein Freund.»

«Sie wissen, dass er mich besucht hat.»

«Lenz hat ausgesagt, dass er diesem Freund eine Waffe anvertraut habe. Einen Revolver», sagte Bassano leise, Wort für Wort betonend.

«Einen Revolver?»

«Ja.»

«Mir?»

Bassanos Gesicht erschien mir plötzlich riesengross, als ob ich in einen phantastischen Traum hineingerissen worden wäre. Seine schwarzen Augen blickten mich nicht mehr an, ich ertrank in ihnen, und seine schweren Lider schlossen mich ein. Aber es war kein Traum.

«Ich habe Pat nicht —» Ich brachte das Wort nicht heraus. «Hat Lenz sowas gesagt?»

«Lenz hat Sie nicht erwähnt, nein. Er hat nur von einem Freund gesprochen», sagte Bassano.

Ich fühlte mich fiebrig. «Ich möchte mit Lenz sprechen», sagte ich.

«Warten wir's ab», schlug Bassano jetzt vor. «Wir wollen nichts überstürzen.

Bevor Lenz an jenem letzten Abend zu Ihnen kam, war er bereits bei Pat gewesen. Er hat mir das gestanden. Aber ich habe Ihnen diese Tatsache vorenthalten. Ich habe Ihnen jedoch von den Briefen erzählt, die Pat an Holland geschrieben hatte. Und ich habe Ihnen gesagt: es waren Briefe voller Sehnsucht.

Trotzdem muss Holland gespürt haben, dass Pat

nicht wirklich zu ihm zurückkehren würde. Ihre Briefe waren wirklich nur Poesie. Echte Poesie allerdings. Als Lenz sich von ihr getrennt hatte, wurde aus diesem Spiel mit der Sehnsucht dann doch unvermittelt Wirklichkeit. Pat war jetzt frei und beschloss, zu Holland zurückzukehren. In ihrem letzten Brief kündigte sie an, dass sie am 15. Januar in Rio ankommen werde. Sie schrieb, dass sie ihn liebe, vor Sehnsucht beinah sterbe, dass sie sein Amulett, die Sonne Natals, nie vergessen, dass sie es aufbewahrt habe und als Zeichen ihrer Sehnsucht in der Hand halte.»

«Sie hat es nie getragen», sagte ich.

«Möglich. Ich weiss nur, was sie geschrieben hat», sagte Bassano. «Und ich weiss jetzt endlich auch, weshalb ich dieses Amulett nicht finden konnte. Ich habe die ganze Wohnung danach durchsucht. Es war verschwunden. Es konnte nur beim Mörder sein.»

Langsam kroch das Gefühl erstickender Angst in mir hoch. Mein Geständnis belastete mich teuflisch.

Bassano fuhr fort. Was er sagte, war verwirrend. Auch Lenz war in der Mordnacht bei Pat gewesen, und er hatte an diesem Abend einen Revolver auf sich getragen. Hatte er Pat in seiner Verzweiflung umbringen wollen?

Bassano meinte: «Vielleicht. Vielleicht war das der Grund seines Besuches.»

Lenz hatte Pat weinend angetroffen. Der Grund? Ein Brief aus Rio Natal. Der Bruder von

Hans Holland teilte ihr darin mit, dass Hans in seiner Hütte am Strand von Redna Green Selbstmord begangen hatte.

«Glauben Sie mir jetzt, dass Holland nicht Pats Mörder sein kann?» fragte Bassano.

Mir wurde schwindlig. Wenn das wahr war, wenn das keine Finte des Untersuchungsrichters war, hatte ich einen Toten beschützt. Und ich hatte mich durch mein Schweigen und mit der Lüge, dass Lenz bis zwei Uhr bei mir gewesen sei, fast unumstösslich verdächtig gemacht.

Aber Bassano ging vorerst nicht darauf ein. «Der Suizid Hollands ist wirklich traurig», sagte er. «Pat wollte ja zu ihm zurückkehren. Der Brief, in dem sie Holland voll von Sehnsucht ihre Rückkehr ankündigte, wurde geschrieben, als er noch lebte.

Der Bruder Hollands schrieb an Pat: «Der letzte Gedanke meines Bruders galt Ihnen, Patricia. Ich kenne Sie nicht, aber ich weiss, wie sehr Hans Sie liebte. Er hatte gehofft, dass Sie zurückkehren würden. Und Sie wären zurückgekehrt. Aber Ihr letzter Brief kam erst zwei Tage nach seinem Tod hier an.»

Ein gemeinsamer Bekannter hatte den Bruder vom Tod Hollands benachrichtigt. Der Bruder war von Rio Natal, wo er lebt, sofort nach Redna Green geflogen. Sein Brief schloss: «Leben Sie wohl, Patricia! Und vergessen Sie ihn nicht ganz, meinen unglücklichen Bruder, der es schwer hatte zu leben.»

Lenz hatte Bassano erzählt, dass Pat ihm ihren Brief an Holland und das Schreiben des Bruders zum Lesen gegeben hatte. Auf dem Tisch, auf dem so vieles lag, habe er auch das Amulett entdeckt. Er hatte ausgesagt, dass sie weinte, während er den Brief las. Dann nahm er das Amulett in seine Hand und fragte sie: «Willst du es nicht umhängen?»

Sie schüttelte den Kopf. Tränen rannen über ihre Wangen, die er liebte.

«Zieh es an!» sagte er.

Sie sagte: «Nein, Chris, nein!»

«Zieh es an!» befahl er wieder. Sie schaute ihn erstaunt an. Er trat hinter sie und legte ihr die feine Kette um den Hals. «Du liebst doch Trophäen. Zufrieden?»

Sie weinte, nahm das Amulett in ihre Hand, riss die Kette vom Hals und verletzte sich dabei. «Er ist tot», schluchzte sie. Verzweifelt schaute sie in ihre kleine Hand. Sie hatte sich verletzt, als sie sich die silbrige Sonne mit den beiden Zacken vom Hals gerissen hatte. Zwei winzige Tropfen Blut quollen aus der Haut. Sie schloss die Hand wieder und umfasste das Amulett. So verliess Lenz sie. Er sagte aus: «Wortlos liess ich sie allein zurück und fuhr zu einem Freund. Ich legte ihm den Revolver auf den Tisch und sagte: ‹Bewahr ihn für mich auf! Ich hätte ihn beinah benützt.› »

«Wer ist dieser Freund?» fragte Bassano. «Sie?»

«Ich will mit Lenz reden. Ich muss mit ihm reden», antwortete ich.

Bassano seufzte. «Welch ein Fall! Keiner sagt

mir die Wahrheit. Auch Lenz nicht. Ich habe ihn natürlich sofort gefragt, wer dieser Freund sei, dem er seine Waffe anvertraut hatte. Auch Lenz glaubt, dass dieser Freund Pats Mörder sei. Ich habe ihm das Fabrikat des Revolvers entlockt. Die Kugel, die Pat getötet hat, kann aus dieser Waffe abgefeuert worden sein. Trotzdem weigerte sich Lenz hartnäckig, einen Namen zu nennen. Ich habe ihn in Untersuchungshaft behalten. Täglich haben wir versucht, ihm den Namen zu entreissen. Ohne Resultat. Er will Pats Mörder nicht nennen. ‹Sie müssen ihn selber finden›, hat er jedesmal gesagt. Da ist nichts zu machen. Lenz wird nicht reden. Einmal fragte ich ihn geradeheraus, ob Sie dieser Freund seien. ‹Hamp?› hatte er geantwortet. ‹Nein. Als ich Hamp besuchte, hatte ich keine Waffe mehr bei mir.› »

«Und?» fragte ich. «Glauben Sie ihm nicht?»

«Ob ich ihm glaube?» Bassano lächelte.

«Ich habe Pat nicht umgebracht», sagte ich. «Was wollen Sie sonst noch von mir wissen?»

«Fragen Sie Georg!» meinte Bassano. «Ich habe Ihnen ja gesagt, dass er eine Überraschung mitbringen würde.»

Der kleine Beamte blickte seinen Chef dankbar an.

«Hat Herr Baum die kleine Patricia Berger umgebracht? Was meinen Sie, Georg?»

Georg, der bis jetzt nur zugehört hatte, antwortete nicht sofort. Es fiel ihm offenbar schwer, mich aus dem Verdacht zu entlassen. «Nein», sagte er schliesslich. Dieses Nein war so dünn wie ein Faden, der jederzeit reissen kann. Mit sicherer Stimme fügte er hinzu. «Ich weiss es noch nicht, aber ...»

«Ich kann mir denken, was Sie noch sagen wollen, Georg, ich weiss es sogar genau. Aber warten Sie damit noch!»

«Mein Gott, ich habe Pat nicht umgebracht, das ist die Wahrheit!» beschwor ich die beiden.

Bassano reagierte kaum. Sein Stumpen lag qualmend im Aschenbecher.

Georg räusperte sich. Bassano meinte: «Also gut, sagen Sie es!»

Georg schaute seinen Chef flüchtig an, dann senkte er die Augen und sagte: «Lenz.» Nur dies.

Wie ein Blitz schoss diese Möglichkeit durch meinen Kopf. Lenz!

«Die Geschichte mit dem Revolver», meinte Bassano. «Ein bisschen phantastisch, nicht wahr?»

Lenz hatte mich kurz vor ein Uhr verlassen. War er in seiner Verzweiflung noch einmal zu Pat gefahren? Hatte er die Waffe noch bei sich gehabt und gar nicht jemand anderem anvertraut, wie er behauptete?

«Lenz?» fragte ich wie betäubt.

«Wer weiss? Er? Sie? Lenz nicht, Sie nicht. Oder doch? Was meinen Sie, Georg?»

«Ich weiss nicht», antwortete sein wortkarger Mitarbeiter.

«Na?» machte Bassano.

Zum erstenmal sah ich Georg lächeln. Unsicher

lächelte er.

«Sagen Sie's!» forderte ihn Bassano auf. «Sagen Sie's schon! Es ist ja Ihre Idee.»

«Die Nummer», sagte Georg.

«Ja, die Nummer», bestätigte Bassano. «116. Hunderttausendmal habe ich mich gefragt: Warum hat Pat diese Nummer eingestellt? Ich nehme Gift, Georg, wir sind am Ziel! Darauf nehme ich Gift. Was für eine Frau! Ich wette, sie hat eine Spur gelegt zu ihrem Mörder. Warum sind wir nicht früher drauf gekommen! Ich kann es dir sagen», plauderte Bassano weiter. «Herr Baum hat uns daran gehindert, weil er uns belogen hat, weil wir wussten, dass er log. Deshalb sind wir nicht draufgekommen. Wir haben jeden greifbaren, uns bekannten Freund Pats befragt. Alle ihre Geliebten haben wir befragt und alle hatten sie ein Alibi. Wir haben nur noch an eines gedacht, ihm, unserm Gastgeber hier, die Wahrheit zu entreissen, denn sein Alibi war falsch, das wussten wir. Er hat uns belogen und das hat uns beschäftigt, nur das. Ich hoffe, wir täuschen uns jetzt nicht. Was meinen Sie, Georg, sind wir am Ziel? Wollen wir wetten?»

Ich verstand gar nichts mehr. Bassano plauderte und plauderte.

«Pat hat eine Spur gelegt zu ihrem Mörder», wiederholte er. «Und Georg hat sie erkannt. Sie haben ihn draufgebracht, Herr Baum. Die Nummer!»

«116?» fragte ich.

«Die Nummer 116, ja. Ihre Büros sind nummeriert, nicht wahr?» fragte Bassano.

«Ja», sagte ich.

«119, das ist die Nummer des Archivs oder der Gerümpelkammer, wie Sie sagten. Welche Nummer hat Ihr Büro, Herr Baum?»

«112. Warum?»

«Wer arbeitet im Büro Nummer 116?» fragte er. Seine schweren Lider bedeckten die dunkle Iris kaum mehr. Georg wartete geduldig auf meine Antwort. Ich schaute vom einen zum andern. «Wer?» fragte Bassano nochmals.

«116?» fragte ich. «Schim. Ueli Schim.»

«Schim! Mein Gott», sagte Bassano, ungläubiges Staunen im Gesicht. «Schim? Er war krank am Tag der Beerdigung. Er war wirklich krank.»

Bassano hatte einen Mörder gejagt. Mit Gedanken hatte er ihn gejagt, listig, hartnäckig, verbissen, verzweifelt. Ich hatte den Eindruck, dass die Lösung ihn enttäuschte, dass sie ihm hohl erschien und ihn traurig stimmte.

«Der Wein war ausgezeichnet, danke. Den Rest übernehme ich. Sie waren mein Gast», sagte er. Sehr, sehr traurig und doch irgendwie atemlos fügte er hinzu: «Wir müssen jetzt Herrn Schim besuchen. Darf ich Sie bitten, uns zu begleiten? Nur um sicher zu sein, dass Sie nicht noch eine Dummheit machen!»

Es hatte den ganzen Tag geregnet. Ein kalter, hoffnungsloser Winterregen rieselte aus der Nacht auf uns nieder, als wir die Strasse überquerten und in die schwarze Limousine stiegen.

Bedächtig steuerte Bassano das schwere Automobil vom Trottoir. Lustlos gewann der starke Wagen Geschwindigkeit.

Der Revolver

Ueli Schim machte ein seltsames Geständnis. «Hat Lenz mich verraten?» fragte er.

«Nein. Er weigerte sich, ihren Namen zu nennen», versicherte ihm Bassano.

«Wer also? Du, Hamp?» fragte er. Er schaute mich nicht an. Ich merkte, dass er mich verachtete.

«Nein», sagte Bassano. «Pat hat eine Spur zu Ihnen gelegt.»

«Pat», strahlte Schim. «Dann ist es gut. Ich hätte nicht zu ihr gehen dürfen, ich weiss. Aber ich liebe Lenz, verstehen Sie, ich liebe ihn. Und wir vermissen ihn alle.»

Er sagte aus, wie ihm Lenz den Revolver gebracht hatte: «Ich freute mich so, ihn wieder zu sehen. Er duzte mich, endlich.

‹Darf ich Dich um einen Gefallen bitten?› hatte er mich gefragt. ‹Ich möchte dir etwas zum Aufbewahren geben, das ich nicht wegwerfen darf. Ein Freund hat's mir vor Jahren anvertraut. Ich hatte mit ihm zusammengearbeitet wie du mit mir. Eines Abends war er zu mir gekommen, um sich zu verabschieden. Ich kannte ihn recht gut, aber nur beruflich, verstehst du, so wie ich dich kenne. Trotzdem zog er mich an diesem Abend ins Vertrauen. Er sagte mir, dass er sich töten werde. Nach einem langen Gespräch vertraute er mir diesen Revolver an. Ich habe ihm versprochen, dass er ihn zurückerhalten werde, wenn er es wirklich wünscht. Er hat ihn nicht mehr zurückverlangt. Er war ein hervorragender Reporter gewesen. Nach diesem Gespräch machte er noch drei grosse Reportagen, die letzte davon in Chile, als Allende von den Militärs verraten, gestürzt und ermordet wurde. Dort in Chile kam er um. Nimmst du ihn zu dir?› bat er mich.

Ich sagte: ‹Ja, aber ich geb dir das Dings nie zurück, nie.›

Er sagte: ‹Doch, du wirst ihn mir zurückgeben, wenn ich ihn brauche, versprichst du mir das?›

Ich sagte: ‹Nein.› Ich hielt die Waffe bereits in meiner Hand. Ich hätte sie ihm nie mehr gegeben. ‹Pat? Ist sie der Grund?› fragte ich ihn.

Er sagte, sie hätten sich getrennt, endgültig getrennt, und er würde verreisen.

Ich sagte, ja, das sagte ich noch, und du sollst es hören, Hamp! ‹Ist das ein Scheissdreck mit Hamp›, sagte ich.

Chris lachte bitter. ‹Lass Hamp aus dem Spiel›, bat er. ‹Keiner kann was dafür. ‹Leben!› sagte er. Dann ging er. Und ich hielt den Revolver in meiner Hand. Stundenlang hielt ich ihn fest. Ich bin hin und hergelaufen damit, dann habe ich meinen Mantel angezogen und bin spazieren gegangen. Ich brauchte Luft. Es war kalt, ich fror. Es war längst Mitternacht. Dann stand ich plötzlich vor dem Haus, in dem sie wohnte. Ich sah noch Licht in ihrer Wohnung. Sie war noch auf. Ich glaube, sie war unglücklich.

‹Ueli?› fragte sie. ‹Du?› Ich war schon einmal bei ihr zuhause gewesen. Früher, zusammen mit andern, als sie noch Sekretärin war bei uns. Wie lange ist das her!

‹Ich bringe dich um, Pat,› sagte ich zu ihr. ‹Ich werde dich umbringen.› Ich weinte. Aber sie lächelte mich nur an. Sie erschrak nicht. Wäre sie erschrocken, ich weiss nicht, ob ich den Revolver aus der Manteltasche gezogen hätte. Sie war blass und schön. Langsam ging sie dann an mir vorbei zum Telefon, hob den Hörer ab, schaute mich an, nicht bittend, auch nicht verständnislos, nur schön, unsagbar schön. Sie stellte eine Nummer ein, drei Ziffern, dann zögerte sie und schaute mich wieder an. Ich denke, sie glaubte nicht, dass ich wirklich schiessen würde. Und ich schoss nicht. Nein, ich rannte davon. Ich habe nicht geschossen. Sagen Sie mir, dass ich nicht geschossen habe, nein, nein, nein!»

Er war zusammengebrochen.

«Wo ist der Revolver?» fragte Bassano.

«Ich habe ihn weggeworfen. In einen Mülleimer habe ich ihn geworfen», schluchzte Schim.

«Wir müssen Sie verhaften, Herr Schim», sagte Bassano eiskalt.

Mir war schwindlig, unheimlich schwindlig.

Am andern Tag rief ich Bassano an und fragte, ob ich ihn nochmals besuchen dürfe. Er sagte: «Ja, trinken wir noch ein Glas Wein zusammen.»

Ich traf ihn in einem kleinen Restaurant hinter

dem Gerichtsgebäude. Ich sass schon an einem der einfachen Holztische, als er kam. An seiner Seite lief Sonhei, die kleine braune Hündin, die Pat an einem Strand in Rio Natal ins Herz geschlossen, sich vertraut gemacht und für die sie die Verantwortung übernommen hatte. Ich hatte einen Kaffee getrunken, und wir bestellten jetzt beide ein Glas Wein. Ich sah Bassano lange schweigend an. Eine gewisse Heiterkeit, nein, eine tief heitere Traurigkeit stand in seinem Gesicht.

«Darf ich Ihnen eine Frage stellen?» begann ich.

«Sie wolllen wissen, weshalb auch Sie Pat hätten umbringen können», sagte er.

Ich schloss die Augen.

«Ich denke, ich kann es Ihnen sagen», fuhr er fort.

Seine Erklärung war einfach und wahrscheinlich nah an der Wahrheit: ich hätte Pat umbringen können, weil ich sie nicht nur liebte, sondern auch hasste. Weil ich ihr verfallen war wie Lenz, nur schlimmer und nicht, wie ich mir eingeredet hatte, problemloser. Weil ich eifersüchtig war. Nicht auf ihre Männer, sondern auf Pat selbst, auf ihre Art zu leben, auf ihre Fähigkeit, unbefangen und uneingeschränkt zu leben.

Endlich verstand ich, was Bassanos Gesicht mir von Anfang an mitgeteilt hatte. Diese schweren Lider, die sich langsam, fast mühsam bewegten, die dunklen Augen, die behäbigen Backen, die kleine Nase, die heiter dazwischen stand. Ich hatte seine Überlegenheit gespürt, aber nicht begriffen, weshalb er mir überlegen war.

Unvoreilig und listig hatte er seine Fallen aufgetan, und mich gezwungen, ihm meine Gefühle zu verraten. Er musste gespürt haben, was mit mir los war. Er wusste, welche Antworten ich ihm auf die immer wieder gleiche Frage geben würde. Deshalb war er mir überlegen. Er wollte herausfinden, ob ich Pat liebte, und er sah voraus, was ich ihm mitteilen würde. Das Merkwürdige war, dass ich erst jetzt drauf kam, was er von mir erfahren hatte: dass ich unfähig war zu lieben.

«Warum haben Sie das Amulett mitgenommen? Warum haben Sie es nicht zurückgelassen? Das verstehe ich nicht», fragte mich Bassano dann.

Ich hatte wirklich angenommen, dass Holland Pats Mörder sei. «Hätte er nicht zurückkommen können? Verzweifelt, verlassen? Ich wusste ja noch nichts von den Briefen, die Pat ihm geschrieben hatte, wusste nicht, dass sie zu ihm zurückkehren wollte. Ich kannte nur sein Bild mit dem Amulett. Er war mir von allen Männern, die Pat liebten und die ich kannte, der Sympathischste. Ich wollte ihn schützen», gestand ich.

«Das war verwirrend», sagte Bassano. «Ich hielt Sie tatsächlich für schuldig.»

«Wie geht es Schim?» fragte ich.

«Schlecht. Er kann sich an nichts erinnern und weiss doch, dass er Pat umgebracht hat.»

«Warum?»

«Ja, warum! Wir werden es nie erfahren, denke ich. Vielleicht aus Liebe zu Lenz. Weil er sah, wie verzweifelt er war. Vielleicht auch, weil er befürchtete, dass Lenz den Tod suchen würde, solange Pat lebte. Fast scheint es, dass Lenz der Schuldige ist, dass er in Schim einen Vollstrecker gefunden hat. Absicht? Eine Frage, die keiner beantworten kann. Sie führt in den Untergrund, mein Freund.»

Sonhei hatte sich neben seinen Stuhl gesetzt. Bassano fuhr ihr liebevoll übers hübsche Gesicht, kraulte sie am Hals und hörte nicht auf zu zeigen, dass er an diesem anhänglichen Hundemädchen hing. «Sonhei», sagte er. «Wissen Sie, was das heisst? Sonhei: Mir träumte...»

«Wovon träumte Pat? Was war ihr Traum?» fragte ich.

«Wovon sie träumte? Vielleicht hätte sie die grosse Liebe, die ihr Freiheit gelassen und sie mit der Zeit verändert hätte, noch vor sich gehabt. Wer weiss!»

Ich empfand nur den Schmerz, den die Wahrheit mir zugefügt hatte. «Sie hat sich ihre Freiheit immer genommen», sagte ich.

Bassano lächelte, unbeirrbar lächelte er.